如果販賣所

Misa —著

Chapter.01

公平

我相信每個人一定都有暗戀過的經驗吧。

喜歡一個人的時候，妳的心情都會隨著他起伏，只要能見到他的笑容妳就能開心一整天。可若是他的笑容是因為另一個女生而起，妳便會在意得不得了，胡亂猜忌著他們到底是什麼關係？為什麼他會因為她而笑得那麼開心呢？

而若今天，他的笑容是因為妳，那心情就會像是要飛起來一般輕飄飄，嘴角不自覺地上揚，無論發生什麼事情都不能破壞妳的好心情。直到妳再次看見他因為別的女生而笑。

每當看見他在球場奔馳的身影，都會讓妳想尖叫為他加油，但是為了隱藏自己的好感，所以妳只能裝作毫不在意，可內心卻萬馬奔騰。

當他因為睡覺被老師點名，妳為他擔心。可是當他漫不經心地答對老師特意刁鑽的問題時，妳又為了他的帥氣著迷。

一整天，妳的心情就是隨著他而浮動著，如此單純，又不可控的。

可是喜歡他的這件事情，是個秘密，因為有太多女生喜歡他了。因為自己太過平凡了，絕對不會被他喜歡，因為……

「今天林子凡真的超級帥的～～～」我的好友傅冰冰，正發花痴地尖叫著。

「我沒有特別的感覺。」我故作冷靜地翻了一頁小說。

「吼，戀雪音，妳就是太沉迷小說了，才會對現實都沒有興趣啦。」傅冰冰抽走我的小說放在桌上，兩手貼在我的臉頰兩邊，強制將我的視線往窗戶外頭轉去。「瞧！林子凡正在那和朋友聊天，看看那個立體側臉、潔白牙齒、完美酒窩、磁性嗓音還有那嘴角的痣，簡直就是天選之人啊！」

是啊，他真的是天選之人，怎麼會有人這麼完美呢？

但是我趕緊推開傅冰冰的手，然後拿起桌上的小說遮住臉，「無聊，有什麼好看的。」

我的心臟狂跳，臉頰燥熱，雙手甚至有些發抖。

希望這一些，傅冰冰都沒有發現。

「雪音，妳一直沉浸在書本裡頭，該不會以後要跟二次元的人戀愛吧？」傅冰冰搖頭，「我有一天一定會跟像林子凡這樣完美的男人戀愛的。」

「妳以前不是說不婚不生嗎？」我從小說裡頭斜眼看她。

「不婚不生和戀愛是兩回事啊～難道我現在和林子凡談戀愛，就一定要跟他結婚嗎？」傅冰冰認真疑惑，「雪音呀，妳就是太認真了。戀愛小說少看一點，才會對現實多理解一些。」

「現在戀愛小說才沒有那麼夢幻，有時候更現實好嗎？」我咕噥著。

我和傅冰冰是國中同學，幸運地考上了同一所高中、分發到了同一個班級。

我媽媽常說，人生中最重要的朋友通常是學生時代交到的，因為沒有利益糾葛，在最純真的時光遇見最純粹的友誼，這是難能可貴的。

所以我非常珍惜傅冰冰這個朋友，最重要的是，我們間不只很有緣分，就連個性也很契合，有時候只需要看她一眼，她就知道我想說什麼。

就是因為我們這麼合拍，才會連喜歡上的人都是一樣。

國中時，我們也有發生類似的狀況，不同的是，那時候我先說出口了，所以傅冰冰就隱瞞自己也喜歡對方的事情，一路為我加油打氣，可惜的是我沒有勇氣告白，只能一直與他當朋友。然後某一天，男生居然偷偷告訴我，他喜歡的人是傅冰冰，並向我打聽傅冰冰的心意。

當時，我並不知道傅冰冰也喜歡對方，擔心自己把這件事告訴傅冰冰會讓她有負擔，所以我便隱瞞。而男生那裡我當然也回絕了。

結果國三畢業時，那個男生已經有了別的女朋友，傅冰冰才告訴我這個她隱藏的秘密。

那瞬間我天人交戰，要是現在才把男生喜歡傅冰冰的事情告訴她，也為時已晚，說不定傅冰冰還會相當扼腕。

所以最後我決定不說，並且和傅冰冰雙雙約定好，要是以後我們再喜歡上同一個人，一定要告訴對方，公平競爭。

然後，就是現在了。

我和她都喜歡上林子凡，可是我選擇隱瞞。因為傅冰冰以前也曾經為我做了一樣的事情，不想說是欠人情，但至少我覺得自己也該這麼做。

況且，傅冰冰從以前就很漂亮，升上高中後更是出落得亭亭玉立，她有一票暗戀者，我想如果有一天林子凡喜歡上某個女生，那一定也會是傅冰冰，不會是我。

因為我就是一個非常普通的女生，那種你在路上經過後馬上會忘記的長相。我甚至想過如果生活是部漫畫，傅冰冰無庸置疑是女主角，但我連女配角都算不上，頂多就是坐在教室門口座位，幫男主角叫女主角的路人角色，說不定連臉都是のの も呢。

「雪音，妳又在發呆了？」傅冰冰將臉貼近我，沒有化妝的她皮膚細緻得就像水煮蛋一樣，不像我，一早起床發現鼻子邊多了一顆痘痘。悲慘的是家裡連痘貼都用完了，我只能頂著一顆紅痘出門。

「我沒有發呆，只是沉浸在小說的內容。」這話不算說謊，但也不完全是實話。

接著我的耳朵聽見了從樓梯傳來的眾多腳步聲，我的心臟一緊，再下一秒上課鐘聲響起，傅冰冰興奮地低聲對我說：「林子凡耶！」

我對她扯了一個不在乎的微笑，但內心萬馬奔騰。我知道是林子凡呀，他們總是會在鐘聲響起前走到樓梯間，然後在鐘聲打完前回到隔壁班的教室。

通常這種時候，坐在窗邊的我都會假裝從書包拿課本，並面向走廊轉頭，可以藉由餘光偷看林子凡。

很偶爾，他會正好也與我四目相交，那一天我就會開心一整天。

「我決定等等要跟他揮手。」傅冰冰摩拳擦掌，她對我眨眼，蓄勢待發。

我很羨慕她的勇敢，有時候我會想，如果我跟她一樣漂亮的話，我也會這麼直接地勇於表達自己嗎？

如果傅冰冰跟我一樣平凡的話，她也會有一樣的行為與勇氣嗎？

「嗨～」

在林子凡與他的朋友一同經過窗前走廊時，傅冰冰揮手並嗨了聲。我不敢抬頭看，因為我的臉上長了一顆痘痘，所以我低著頭，假裝專注在課本上，拿著的筆胡亂在簿子上畫著，假裝寫著注釋但其實什麼也沒寫。

「嗨。」結果驚人的事情發生了，林子凡居然回應了傅冰冰的話，這讓全班都驚訝地停下了說話的聲音，就連傅冰冰本人也沒想到會得到回應，舉起的手僵在那邊。

而我也因為過於驚訝而抬頭，明明平常都會直接走過去的林子凡今天卻停了下來，此刻就站在窗戶邊。

他臉上帶著笑容地看著傅冰冰，而似乎是瞧見我在看他，也移動了目光到我的臉上。下意識地，我趕緊用手遮住了自己長痘痘的地方。

林子凡對我點了點頭，然後就和其他的朋友一起離開。

「哇，你怎麼回事？」我彷彿聽見他的朋友這樣說，幾個男生鬧烘烘地離開。

下一秒，我們班的人都尖叫了。

「天啊！傅冰冰，他跟妳打招呼耶！」

「林子凡耶！」

「果然帥哥都喜歡美女啊！」

全班的人都瘋了，對著傅冰冰連聲恭喜，就連傅冰冰本人都臉紅到不行，但那臉上的笑容卻開懷無比。

我也跟著拍手起鬨了幾句。雖然內心像是被針扎得痛，但我一直都有在心裡打預防針，告訴自己林子凡和傅冰冰十分匹配。他們有一天一定會交往。唯有不斷這麼想著，才不會某天真的發生時卻無法負荷。

我還以為自己做足了心理準備，卻沒想到不過是一聲招呼與眾人的歡呼罷了，就能讓我的心酸澀到無以復加。

眼眶有些濕潤，揚起的嘴角也不斷要崩解垮下，我甚至覺得難以呼吸，慶幸班上同學都圍到傅冰冰旁邊，多少遮去了我的臉，讓我得到喘息的機會，不至於表情崩壞。

「在吵什麼吵？上課都多久了？」課堂老師進到教室，大聲斥責，所有同學趕緊回到座位。傅冰冰離開前還對我眨眨眼，回到了她的位置。

我鬆了一口氣，班上恢復了寧靜，我只聽見自己的心跳與呼吸，握著筆的手也顫抖著。

一個摺著愛心的紙條被丟到我的桌上，這是傅冰冰的專屬摺紙方式，我知道是她傳來的。

我不想打開，但是當我抬頭時，發現坐在前方的傅冰冰正偷看著我，帶著幸福的笑意對我眨眼，我也只能扯著微笑然後打開來看。

「林子凡會不會也對我有意思？天啊～好像作夢一樣，他居然回應了我，他平常都不會理其他女生耶！」

紙條的內容是這樣，讓我的心臟頓時像被扭在一起般疼痛，我努力深呼吸，拿起筆在上頭寫下。

「誰知道呢？說不定喔。」

這八個字看起來沒什麼，但已經是我用盡全力後的最大努力了。

✷

但即便逃得了上課，也躲不過下課時間，傅冰冰衝到我身邊告訴我一切她的幸福想像，讓我見識到林子凡不過一個「嗨」就能讓少女編織劇場的能力達到金馬編劇的程度。

但我明白她雀躍的心情，如果是我，一定也會想抓著朋友告訴她自己所有的美好想像。

是我早就決定好要隱瞞對林子凡的心意，要當個全心的好朋友，要為傅冰冰祝福，並且對她笑。

這些才是我該做的。

所以我想像自己是金馬女演員，掛起了女演員的微笑與祝福的表情說：「我就說妳很漂亮，林子凡一定會喜歡妳的。」

「嘿嘿，雖然我也喜歡人家稱讚我漂亮，但是不太喜歡人家因為我漂亮而喜歡我。」

「哇，這句話聽起來會拉仇恨值耶。」我調侃著。

「因為我們是好朋友我才會告訴妳實話的。」傅冰冰嘟起嘴，「好像我除了漂亮沒有任何優點一樣。」

「外表漂亮是人的優點之一啊，因為美麗的外表而引來人注意與喜歡有什麼不好？如果個性討厭、為人不善，靠近的人也很快就會離開了，所以重要的還是個性呀～」

傅冰冰聽完後張大嘴，然後激動地抱住我，「雪音～妳真是我最要好的朋友！」

「那是當然的。」我覺得有些心虛，但還是輕輕回抱了我這位人美心善的好友。

「以防萬一，我還是最後問一次。」她的手放在我的肩膀上，瞇著眼睛嘟起嘴，「妳真的沒有喜歡林子凡吧？」

我嚇了好大一跳，心臟被狠狠地撞擊，劇烈跳動。

是哪裡表現出來了嗎？我隱藏得不夠好嗎？

不行，我是女演員，我得控制自己的表情才行。

現在得到了最佳女主角獎項並準備上台領獎，我獲獎的角色就是一個隱瞞白己心意的學生，我演得非常好，因為我可以戴上任何角色的面具，於是我揚起笑容，「沒有呀！拜託，我們不是說好了喜歡誰會告訴彼此嗎？如果我真的喜歡林子凡，一定會告訴妳的。」

「真的？」傅冰冰皺眉，好像不太相信我。

「真的啦！」

「妳真的沒有說謊？」她又再次確認，而我依舊露出堅定的微笑，才知道白己說不定有演戲天分。

「當然是真的。」

傅冰冰鬆了一口氣，然後抓住我的手，「那我決定這一次要抓準機會，跟林子凡告白。」

「……這樣很好啊，什麼時候？」

「告白前，我得先和他變成朋友，所以我再來會努力跟他搭話，至少要變成連假日也會見面的朋友，總得先熟識了才告白，這樣成功的機率更高。」傅冰冰抓住我的手力道變重，且微微顫抖著，她是真的很認真。

見到她這樣，我有些哽咽，一方面或許是因為自己的心意，但另一方面，是因為傅冰冰如此勇敢的模樣閃閃發光，讓我非常羨慕，也希望她會有好結果。

而每當我難受的時候，就會想起國中時期的傅冰冰也經歷過我此刻的心情，但是她隱藏得很好並且全心為我加油。她一樣度過了那段艱辛歲月，所以我更得回報她。

「妳一定沒問題的。」所以我回握她的手，給了她肯定的祝福。

「謝謝妳。所以妳要陪我喔。」傅冰冰語出驚人。

「陪妳？」

她理所當然地點頭，「我一個人一直去找他講話很像花痴吧？所以我們一起去，才不會尷尬。妳是我的好朋友當然要陪我啦！」

「但是我……」我猶豫，傅冰冰隨即抱住我。

「拜託啦！雪音～拜託妳啦！我會請妳喝飲料的。」

她在我懷中磨蹭著，但我內心十分驚慌，此刻我和林子凡的距離是最剛好的，要是太過接近會顯露我對他的感情。但是若我拒絕不會很奇怪嗎？再者，如果未來他們兩個真的交往了，我勢必也得和林子凡有更多接觸。

所以我深吸一口氣後閉上眼睛，是時候要在心裡把林子凡放下了，唯有我在內心放棄喜歡他，才能陪伴傅冰冰去認識林子凡。

反正早晚要失戀，不如就是現在吧。

「好，但我要先問，妳會請我喝多少的飲料？」

「哇！隨妳要喝多少！」傅冰冰高興地再次抱住我，而我也笑著。

天下無難事，只怕有心人。

所以我可以做到的，只要我努力，一定可以不喜歡林子凡。

✷

傅冰冰是一個很有行動力的人，一決定要和林子凡拉近關係後才告白，馬上趁著我們兩班同是體育課時，假裝失手，將我們的排球丟往林子凡他們那裡去。

「抱歉！不小心丟太大力了。」傅冰冰笑著對他們道歉，偷轉頭對我眨眼，然後往林子凡的方向跑去。

林子凡彎腰撿起了排球，輕輕微笑了一下後遞給她，「沒關係。」

「謝謝。」傅冰冰接過排球，毫不戀棧地轉身走回我這裡，但雙眼不停對我擠眉弄眼，十分快樂。

同時，我看見林子凡順著傅冰冰的背影看過來，注意到我的眼神後，馬上又轉過頭去，他的朋友們也開始竊竊私語。

「就這樣嗎？」當傅冰冰帶著滿意的笑容回來時，我好奇地問。

「對呀，這樣就夠了。」

「我以為妳會順便對他搭話呢。」

「我才沒那麼白目呢。現在是上課時間，況且我早上才對他說過嗨，剛剛球又這麼巧地打到他那邊，明眼人都知道我的意圖。所以我這樣謝謝一句就離開，第一是會讓人意外與好奇，怎麼會這麼乾脆就離開呢？第二就是會讓他們對我更有印象。」

「沒想到妳打的是這種如意算盤。」真是令我佩服。

「總之，這種事情是要慢慢來的，得要讓對方先對妳有印象當作開始呀。」

「我想就算妳不用做這些事情，他們一定本來也就知道妳是誰了。」就像林子凡不用做什麼，我們也都知道他是誰一樣的道理。

「我可沒那麼自信。不說這個啦！我們來托球吧。」傅冰冰將另一顆排球丟給我，「下禮拜就要排球考試了。」上托三十下，聽起來不多，但要連續也不容易。

「妳怎麼不把手上那個排球給我呢？」我故意這麼問。

「唉唷，這可是林子凡摸過的耶。」

「好的，那我等等去幫妳問老師看能不能讓妳帶回家。」我再次調侃。

「齁，別鬧！」傅冰冰大笑著，帶點嬌羞。

我也大笑起來，在傅冰冰逐漸和林子凡拉近距離的時間，我一定也可以忘記他的。

想到這裡，我便下意識地往林子凡的方向看去，意外的他也正看著這裡。見到我也正注意到他，他立刻轉過頭開始托球。

我又看向傅冰冰，「看來奏效了，我剛剛看見林子凡在看妳。」

「真的假的？哇！我太開心了！」傅冰冰兩手放在臉頰邊，開心地雙腳來回踏地，笑容燦爛無比。

我扯了一個微笑，告訴自己這樣很好，我欠了傅冰冰一個兩情相悅。頭頂的太陽炙熱依舊，而我的雙腳卻像深陷泥沼一般，動彈不得。

✷

早上出門前，媽媽就告訴過我今天會下雨，要我記得帶傘。

但是我見太陽這麼大，幾乎萬里無雲的狀態，根本不可能會下雨吧。我不想在已經很重的書包中又放入一把有重量的摺疊傘，所以我嘴上跟媽媽說好，然後故意把雨傘忘在玄關。

一整天下來，太陽也如我預料般的大，但是在接近放學時刻，毫無徵兆地，天空忽然烏雲密布，我緊張得希望別下雨，可過一陣子便開始打雷，班上一些同學開始說起好在自己有帶傘，另一票人則說沒帶家人也會來接之類的話。

「就算下雨也別擔心，我有傘呀，我們一起回去不就好了。」傅冰冰就像是救命仙女一樣說出體貼的話，我們是國中同學，雖然不是可以當鄰居的那種近，但學區是在同一個地方，所以稍微繞一點點路的話，還是能夠一起撐傘回家。

「但是這樣不好意思啦。」

「別三八了，有什麼好不好意思的。」

有了傅冰冰的保證，我也放心了下來，所以後來雲層傳出陣陣悶雷聲，我也不擔心。

結果就在放學的時候，傅冰冰才想起來今天要去補習班旁聽。

「不然這樣好了，我雨傘借妳帶回家，反正補習班在學校對面而已。」

「不行啦，如果晚上下大雨怎麼辦？」

「妳再來接我？」傅冰冰歪頭裝可愛。

「我才不要！沒關係，現在雨還沒下來，運氣好的話我快點回家，說不定還淋不到。」

「回家還要等公車，怎麼可能這段時間不會下雨啦。」

「那也總比我晚上還要去補習班接妳好。」

「哇，真的是好朋友耶，我好感動！」傅冰冰拍了，我大笑著，然後趕緊和她揮手說再見。

我一邊跑一邊往樓下的公車站牌看去，沒想到卻正巧見到了公車靠站。討厭！今天怎麼比較早！下一班至少還要十五分鐘，站牌裡又人滿為患，這樣一下雨的話一定變成落湯雞。

這樣不如選擇去另一個站牌搭公車，說不定還來得及。

所以我一出校門後就馬上左轉，打算過馬路到另一個站牌，可是就在等紅綠燈時那台公車又來了，我真是諸事不順。

既然如此，不如就騎腳踏車吧！說不定能更快到家呢！

我一邊查找哪邊有共用腳踏車，一邊不忘奔跑著，鑽著小巷抄捷徑終於來到腳踏車租借處，但同時，天空的雨滴還是落在了我的鼻尖，我 抬頭，瞬間嘩啦啦地大雨滂沱。

「天啊！」我大叫，趕緊往一旁的屋簷跑去躲雨。

在屋簷下我拍著身上的雨水，看來這雨一時半刻都不會停了。唉，早知道就搭計程車，回到家再叫媽媽付錢……

這時候我才有空環顧四周，因為平常都是搭公車上下課，就算偶爾走路，也都是沿著大馬路回家，今天第一次為了抄捷徑才走這。

原來我剛才以為是別人家的屋簷，其實是個廢棄的空屋。大門深鎖，信箱也有好幾封被淋濕又曬乾，現在又被淋濕的信，上頭的墨水已經糊到看不清楚了。

屋簷上有許多蜘蛛網，牠們的網隨著風雨搖晃著，一些雨珠還在上頭逗留。

反正下雨也沒事情做，我就觀察著這屋子的外觀，是很普通的平房，雖然荒廢但是看起來也沒到危樓，我猜屋主偶爾還是會回來整理一下吧。

「那為什麼不賣掉呢？」我邊疑惑著說，邊沿著屋簷轉彎，「哇！」

結果那邊居然有個人，嚇了我好大一跳。

「哇！」對方差點與我正面對撞，他也嚇了一跳，趕緊往後一跳。

「對不起，我不知道有人，我只是來……躲……」我停住了聲音，捂住了嘴，在我眼前的居然是林子凡。

「我也是進來躲雨的，聽到聲音還以為是屋主。」他先是一愣，但隨即笑了。

我的天，沒想到是林子凡，這是我和他第一次對話，我、我……我立刻轉頭就要逃走，但是忽然一個大雷，嚇得我停下腳步，眼前的雨更大了。

站在我後面的林子凡過一會兒走到我身邊，「雨真的好大，我今天忘記帶傘了。」

我不敢回答，我已經決定放棄喜歡他了，所以不能跟他有更多接觸，更不能在傅冰冰不在的時候，與他說話。

「……我們是不是同校的？」林子凡問了奇怪的問題，我不是穿著制服嗎？

「因為雨太大，我剛剛跑來的途中隱形眼鏡被沖掉了，我是大近視，所以什麼都看不清楚。」他說著，這瞬間我覺得有些遺憾，但同時更覺得天助我也。

「我都不知道你有近視……」

「什麼？」

「沒、沒什麼。」我咬唇。在講什麼啦，這樣子被知道我很注意他該怎麼辦。

不過林子凡卻笑了，「連我朋友都不知道我近視吧，我在學校從來沒有戴過眼鏡。」

「為什麼？隱形眼鏡戴著不是眼睛會瘦嗎？」

「因為我戴眼鏡容易頭暈跟頭痛，所以才戴隱形眼鏡。」他聳聳肩，「如果世界上沒有顏色的話，我現在什麼都分辨不出來。」

附近有一間高中的制服顏色和我們差不多，平常是不會混淆，但若是近視的話，可能瞬間會認不出來吧。

「我們是同個學校的。」所以我這麼說。

「是喔，相逢即是有緣，那妳是幾年級？我是二年級的林子凡。」

我知道，我從一年級就知道你了。

「我也是二年級的。」我想了一下，最後還是說：「我是傅冰冰。」

他原先笑著的面容似乎微微一僵，但接著卻露出意味深長的表情，「傅冰冰啊……」

我一驚，他會不會發現我不是了？

我和傅冰冰的聲音有一點像，不常聽我們說話的人應該是分不出來的，何況是林子凡這種只聽過我們講幾句話的人。

「你近視多深？」我趕緊問。

「欸……一千度吧？」他歪頭。

我沒近視，不知道他們的眼睛看出來能有多模糊，況且一千度聽起來好高、好可怕，但這樣子他應該看不清楚我的臉。

「所以你看不到我的臉囉？」我以防萬一地再次確認。「你不認識我吧？」

「雖然真的看不到妳的臉，」他笑了笑，「但是我知道妳是誰。」

「是嗎？」我趕緊整理我的長髮，「我也知道你是誰，我有跟你說嗨啊。」

「我也有跟妳說嗨。」

「今天打球我還有把球打到你那邊。」我又再次補充。

「是啊，我知道。」他聳聳肩，「在我隔壁班的傅冰冰。」

「對～沒錯。」要是他可以把我當成傅冰冰，加速他們熟識的機會，只要他們交往了，我就一定能夠完全死心。

雖然一直想逼自己忘記，但是喜歡這種心情是不會這麼容易就抹煞的，但我會克制自己不要更加喜歡他，只要等他們兩個交往了，或許我就真的可以……

「妳今天怎麼會走這邊？」林子凡忽然又開口了，看著他的側臉，這一切好不真實，我居然在跟他說話……

「妳有聽到嗎？」

「什麼？」

「妳呀，平常不是都搭公車嗎？」他低下頭，又側臉抬眼看我。

那讓我心中彷彿有電流通過，我趕緊乾笑，伸手將頭髮順到耳朵後面，「是啊，但是今天沒帶傘，公車又剛好過去了，所以我才想說看能不能趁下雨前趕快跑回家，結果沒想到……」這次換我聳肩，我聽見林子凡的笑聲。

在這滂沱大雨之中，他的笑聲輕得像是會被雨聲覆蓋過去，但是對我來說，卻像是踩著雨落的聲音，來到我的耳邊，進入我的心中。

「妳怎麼沒有跟朋友一起走？妳平常不是都會和一個女生在一起嗎？」

我想了一下，林子凡說的是我嗎？

「喔，因為她今天要補習，所以我才先回家。」我把傅冰冰的行程拿來講，但趕緊又補充真實的傅冰冰行程，「有可能我之後也會去補習，但也可能不會。」

「喔？」林子凡又笑了，「她叫什麼名字？」

「妳說我朋友嗎？」他點點頭，我接著說：「雪音。」

「雪音……姓什麼？」

「戀。」

「戀雪音啊……」他低語著，我看著他側臉輪廓，還有那嘴角的痣，瞬間有點想哭，他居然在喊我的名字。

「妳怎麼了？」他似乎注意到我的哽咽，露出擔心的表情，我趕緊低下頭遮掩自己的表情，然後用力搖頭。

見到我極力拒絕他的關心，他也不好多問，沉默蔓延在我們之間。

我聽見他深吸一口氣，「其實……」

雨聲忽然消散，天空出現了陽光，潮濕的水氣湧現，我感覺到有些呼吸困難。

「啊，雨停了。」我立刻說。

「……真的呢。」林子凡也探出頭看了天空，「夏天的雨就是這麼奇怪。」

「是呀！還好不用等太久。」我緊張地說，不敢看著他的臉，深怕這樣的光亮，會讓他注意到我不是傅冰冰。

然後我踩出屋簷下，白色的布鞋碰到了泥水而髒了，但我並不在意。

「我要回去了。」

「……我……」

「在學校的時候，可以不要提到我們今天的碰面嗎？」我背對著他詢問。

「……我知道了。」

我鬆一口氣，轉過頭對他微笑，「但是請不要不理我，還是要跟我打招呼喔。」

說完後，也不等他的回應，我立刻就往前跑去，一路跑回家。

路上我的眼淚不自覺地滑落，但我又笑了起來，原來開心與悲傷是真的可以共存。這種複雜的心情，讓我無法言喻。

✷

隔天，我帶著忐忑不安的心情來到學校，一路上都很怕遇見林子凡。雖然我覺得他應該是不會認出我，但還是有些心虛。

「早安！」正在爬樓梯的時候，一雙手忽然放到我的肩膀上。

「哇！」

「幹嘛啦？嚇我一跳。」傅冰冰揉著耳朵，「妳做了什麼壞事嗎？」

「我哪有，不要亂講。」我趕緊整理頭髮然後東張西望。

「怎麼了？這麼奇怪的反應？」

「沒有啦，我們快點進教室吧。」我拉著傅冰冰就要往教室走。

「唉喔，別這麼急……」傅冰冰的話停止，連帶我也倒抽一口氣。

只見林子凡就站在樓梯頂端那裡，與他的朋友正準備下樓，我猜應該是要去合作社買早餐。

這個瞬間，我瞧見林子凡先是看了我一眼，然後又看了傅冰冰一眼，張嘴似乎要說什麼。

天啊，希望他記得昨天最後我講的那句，別提起下雨的偶遇。

「早安。」始料未及的是，林子凡率先與傅冰冰打了招呼，這讓所有人都很震驚。

「早、早安。」傅冰冰也被林子凡的主動給嚇到，瞬間結巴了下。

然後林子凡就走下樓梯，經過我身邊時還與我點了個頭，下意識地我也點個頭回應。

林子凡的朋友們在下了樓梯後，抓住林子凡的肩膀後說：「早什麼早，你怎麼沒有跟我們問早過？」

他們搞笑地起鬨著，而傅冰冰不敢置信地轉頭看我，驚奇無比，「雪音！他跟我說早耶！」

「我聽到了。」

「天啊！他居然主動跟我打招呼！」傅冰冰尖叫，忽然就抱住我，害我差點往後倒。

「小心啊！我們站在樓梯上耶！」我握緊一旁的扶手，另一手扶住她的腰。

或許是昨天的雨中偶遇關係，也或許是傅冰冰本來就容易吸引他人眼球。

總之，他們的關係大進一步了。這樣我也就功成身退了。

之後傅冰冰時常會在林子凡經過我們窗前時，特意和他打招呼，林子凡也總是會回應。漸漸的，只要在走廊遇見，傅冰冰也會主動寒暄幾句。

雖然都是很簡單的問句，像是「你們剛剛上什麼課？」或是「你可不可以借我數學課本？」之類的，但這樣一來一往的互動，也是能夠加深彼此的關係。

下課的時候，傅冰冰正準備拉著我去還課本給林子凡，卻忽然被班長叫住。

「我先去還課本再過來。」

「不行，我們現在就要去辦公室才可以，妳不會叫雪音去幫妳還就好？」班長皺眉，一點也沒得商量。

「雪音，只能麻煩妳了。」傅冰冰苦瓜臉，這課本林子凡下堂課就要用了，所以一定得現在還才行。

「喔……」可以的話，我不太想和林子凡單獨接觸，但同時我內心深處也想單獨與他接觸。

這種矛盾與天人交戰，總讓我很疲累，也覺得自己很狡猾。

但我還是接過了課本，然後目送傅冰冰被班長拉著離開教室。

深吸氣、再吐氣。從那天大雨後，我都沒有和林子凡單獨說話過。雖然每次傅冰冰去見他都會拉著我，但我從來也沒有插話過，就只是面無表情地站在旁邊，好像對他們的話題一點興趣也沒有那樣。

不過，我的耳朵可是張大聽著，全身的感官也都在注意林子凡的一舉一動。而林子凡也真的遵守約定，並沒有提起大雨那天的事情。我想在他模糊的眼睛世界中，看見的一定是傅冰冰吧。

我握緊著課本，就連林子凡的課本，我也是第一次碰觸到。

為什麼我會覺得這麼心酸呢？

我不是調適好心情了嗎？

為什麼還會該死的感到嫉妒？

不行，不行不行。

我立刻用力搖頭，深吸一口氣後，馬上拿著課本走往隔壁班教室。

我在前門張望了一下，看見了林子凡坐在桌上，正和朋友們聊天，他就像是中心的焦點人物一般，是所有人注目的存在。

「那個……不好意思，我要找林子凡。」這個瞬間，我才忽然意識到，這也是第一次我對著傅冰冰以外的人，講出了他的名字。

就連他的名字要從我口中講出，都是這麼奢侈的事情嗎？

「林子凡，有人找你！」對方朝裡頭大喊，林子凡好奇回頭，見到是我似乎很震驚，馬上從書桌上跳下來，有些匆忙地跑到了我面前。

「咦？咦？怎麼是妳，怎麼只有妳來找我？」他言下之意是傅冰冰為什麼沒來，我知道他理所當然會關心傅冰冰，但是親耳聽見他這麼問，還是讓我覺得很受傷，那種嫉妒又生氣又難過的情緒再次湧起。

但我很快壓制住，告訴自己要快點拋棄這些無用的情緒。

「冰冰臨時被班長叫走了，所以抱歉啦～是我過來。」我用這種自嘲的方式，並且把課本遞給他，「那我就先走了，下堂課再叫冰冰過來。」

「等一下，我不是那個意思。」忽然他叫住我，有些大聲，讓我小小嚇了一跳。

「什麼？」導致我一個瞬間聽不懂他的意思。

「我是說，不是因為妳來我很失望，所以那樣講話的。」林子凡低著頭，帶著尷尬的笑容，「我只是訝異，平常妳們都是兩個人，怎麼今天是妳一個人而已。」

「喔……喔，是這樣喔。」不知道為什麼，我覺得有點彆扭，心底也癢癢的，扯了嘴角微笑了下。

「嗯。」他點點頭，看起來也有些尷尬。

「那、那我就先……」

「妳叫戀雪音對吧？」林子凡忽然喊出我的名字。「我之前聽傅冰冰說過。」

是哪次聽傅冰冰說的？是那場大雨，我假冒傅冰冰的身分？還是之後他和傅冰冰聊天有提到我？

不對，傅冰冰每次和林子凡說話，我都在旁邊，沒參與過他們的對話，也沒聽過他們聊到我。

所以應該就是那場大雨。

「對，嗯……你什麼時候聽她說過的？」

「就是……」他似乎在猶豫，然後像是試探一樣地說：「她說不能講。」

我鬆了一口氣，看樣子林子凡真的沒有說過。

「那我就先……」

「妳跟我過來。」結果他忽然拉住我的手腕，就往走廊另一邊跑。

我嚇了一跳，他居然就這樣拉著我在走廊上跑，因為太過突然、也太過驚慌，我甚至來不及注意周遭同學們的表情。

他一路拉著我來到走廊尾端，接著鬆開了我的手。這裡沒什麼學生，是個好說話的地方，所以很多人都會約在此處告白，所以此處又被稱呼為告白勝地。只要從這裡走出的異性，都很容易被人傳八卦。

所以和林子凡一起在這裡，很容易會被人誤會。他不可能不知道這個傳聞，為什麼要帶我來這邊？還是男生根本就不在意這種事情？

「怎、怎麼了？找我什麼事情？」我緊張地東張西望，深怕被誰看見了然後傳到傅冰冰耳中，同時心臟又跳動得劇烈，沒想到我會有第二次與他單獨說話的機會。

「就是，傅冰冰要我不要說，所以我想說找沒人的地方。」林子凡的手上還拿著課本，現在被他圈成一個圓。

「她如果說不要說的話，那還是不要說好了。」我趕緊結束這個對話就要離開，但是林子凡卻又喊住我。

「等一下，戀雪音。我有事情想問妳。」

「什、什麼事情？」

「就是……」他抓著後腦杓，看起來很是苦惱，「我之前在一場大雨中，和傅冰冰在一間廢棄的房子前面躲雨，那時候我們稍微講了幾句話。」

「……」

「離開前，她說不要告訴別人我們有在那邊遇見。」

「那、那你還跟我說。」

「因為我想請妳幫我轉達。」

「轉達什麼？」

他嚥了一下口水，然後堅定地看著我，「我想在那邊再次跟她見一面。」

我心臟彷彿被劇烈撞擊一般，劇痛又動搖，甚至覺得有些喘息與顫抖，「為什麼？」

「因為我覺得在那邊我們才能好好聊天。」他又說：「妳如果沒辦法幫我轉達，我就自己去問她。」

「不行！」我大叫。

「為什麼不行？」

「她、我，我去問就好。」我咬著下唇，不知道這個謊該怎麼圓。

「那就拜託妳了，今天我會在那邊等她。」

「今、今天？」我大驚，「要這麼急嗎？」

「對，就是這麼急。」

「可不可以明天？或是下個禮拜？」

「不行，我就要今天。不然我等等自己問她。」

「不、不要！今天就今天，我會問她。」

「謝謝妳了。」他扯了嘴角，露出一個該死的好看笑容，那嘴角的痣陷在他的酒窩之中。

於是我垂頭喪氣地，跟著林子凡一起從走廊尾端走出來，好死不死正好遇見從樓梯上來的傅冰冰，她見到我們兩個從那出來後很是驚訝，但又要佯裝不在意的表情，笑著過來勾住我的手，「妳幫我還課本啦，謝謝妳！雪音。」

「別誤會喔，我們在那邊只是因為他不在教室，我才拿課本過去給他。」我下意識又說了一個謊言，一個漏洞百出、聽起來也很不合理的謊言。

「唉唷，我又沒有誤會。」傅冰冰只是用力打了我一下，然後呵呵笑了起來。

我回頭看了林子凡一眼，用眼神告訴他，請他配合我。

他沒有說話，就聳聳肩而已。

「那我就先回教室了。」在經過我們的時候，他如此說。

「掰掰～謝謝你的課本。」傅冰冰熱情地說著，林子凡也點點頭，還看了我一眼，似乎在提醒我不要忘記。

我不可能告訴傅冰冰的，告訴她，就代表告訴她我假冒她的身分。當然我總有一天會說的，只是不是現在，得等他們交往以後，或是關係更親密以後才說。否則現在說的話，我假冒她身分這件事情，就顯得我好像別有用心一般。

那我該怎麼辦？

難道告訴林子凡實話嗎？

相比告訴傅冰冰實話，告訴林子凡是不是好一點？

不對，要是林子凡告訴傅冰冰呢？那我不就更有理說不清了嗎？

我當然知道最好的方式，就是我老實說。我也知道謊言是會如雪球般越滾越大的，可是我說不出口。

「怎麼了？為什麼眉頭鎖這麼緊？」傅冰冰擔心地問。

「沒有啦，我肚子有點痛。」我乾笑著，「我去一下廁所。」我趁機抽出自己被抓著的手。

「要不要我陪妳去？」

「不用啦！大便妳陪什麼。」因為太過緊張了，所以我口不擇言，一旁的路人同學們有些露出皺眉的表情，就像是我講「大便」兩個字很不得體一樣。

但我現在才沒有空管禮儀呢，來到廁所後我鎖上門，就這樣站著發呆。

最後想想，最好的辦法還是告訴傅冰冰實話，讓她去赴約這樣才對。

沒錯，我最初的目的不就是這樣嗎？

所以我得這麼做才行。

總不可能我再次假冒傅冰冰的身分去和林子凡見面吧？他上次是隱形眼鏡掉了，這次他可看得清清楚楚呢！

「好。」我握緊雙拳，下定了決心。

所以當我走出廁所後，我立刻就往教室的方向去，一見到傅冰冰坐在位置上，我馬上走到她身邊，「冰冰。」

「大完了喔？好快耶。」

「吼！妳幹嘛這樣講啦！」

「妳剛剛『大便』兩個字都講得這麼順耶，我現在只是問妳是不是大完了而已耶。」傅冰冰故意調侃著我。

「吼，我有重要的事情跟妳講啦！」結果才說到這，鐘聲就響起了，這堂課還是很兇的老師，所以半刻也不能耽擱。

「快點回座位啦。」傅冰冰提醒，我也只好悻悻然地回座位了。

真是的，我好不容易鼓起的勇氣就被大便給打壞了，等到下課以後，我不知道還有沒有勇氣告訴她一切。

＊

就這樣，一整天過去了，我還是沒有辦法告訴傅冰冰這件事情。

我當然也有不斷鼓起勇氣、不斷找時機，但總是可以剛好被其他人或事情給打斷，就這樣一路到了放學。

然後放學，又在大門口遇見了林子凡。

他盯著我看，然後點了頭一下，就直接轉身離開。

「是林子凡耶！」傅冰冰在林子凡轉頭後才發現他的身影，來不及打招呼。

我心一橫，決定直接帶著傅冰冰去赴約。

「妳跟我去一個地方！」所以我拉起她的手，帥氣地就要跟在林子凡身後走。

「等一下啦，我今天家裡有事情，我爸會來接我。」

「啊?!」我大叫，真是諸事不順耶！我勇氣鼓了一整天，都洩氣了啦！

不對，等等，這未嘗不是好事啊！

傳冰冰家裡有事，所以我只要過去那裡，然後告訴林子凡她有事無法前去，這樣就解決了！

雖然我想林子凡大概會說：「那就明天啊！」之類的，但明天的事情就明天再說，先度過今天的危機才是聰明人作法。

一這麼想後，我的腳步輕盈了許多。

我依照著記憶中的路線，很快地就來到了那棟像廢墟的民宅前，沒有下雨的時候，這裡看起來很不一樣，而且我注意到信箱的信件都被清空了，就連雜草似乎也修剪過，果然屋主三不五時就會回來呢。

然後，我看見林子凡就站在屋子邊，他靠著牆盯著一旁的樹梢，就像一幅畫般，美得我想將它記在腦海之中，成為腦中的永恆。

我的腳步往前，踩到地上的枯葉，聲音引來了林子凡的注意。他抬頭見到我，隨即露出了笑容。

「我就知道妳會來。」

「……那個，抱歉是我過來，我來是因為……通知你，就是……」我抓著書包的背帶，忽然緊張了起來。

「……妳是傅冰冰對吧？」

「咦？」我愣了下，他在說什麼？

「我剛才來的路上，因為隱形眼鏡太乾了，眨個眼睛就掉了，所以我現在又看不清楚了。」

聽到他這麼一說，瞬間一個想法在我腦海中飄過。

「所以我看不太清楚妳，如果認錯我很抱歉。但是聽聲音，應該是妳沒錯吧。」他瞇起眼睛笑著，那嘴角的痣迷人地陷入酒窩之中，如同他的雙眼，總是能讓我看呆。

「隱形眼鏡是這麼容易掉的東西嗎？」我放鬆了下來。

對不起，傅冰冰，這是最後一次。

對不起，林子凡，這是最後一次。

就讓我任性一回吧，讓我再次將這場會面當作我的秘密，在往後我的人生之中，面臨到度過不了的嫉妒與傷痛時，能夠撫慰我的一點點、小小的，回憶。

我哽咽了，原來喜歡這種心情，真的不是想放棄就可以放棄的。

我知道自己奸詐，也知道自己一直在找理由。

但我確實也努力不要有私心，也努力要自己去放棄。

「是啊，隱形眼鏡很容易掉的。」林子凡笑著，然後對我招手。

神啊！請原諒我這一次吧。

我保證，這絕對是最後一次了。

所以，我走向了林子凡。

他帶著我來到屋子的後院，上一次來的時候，我只有一直站在屋前的廊邊躲雨，所以當我發現還有後院的時候十分驚奇，尤其是這後院與前院的模樣完全不同，是一座美麗的花園，有著許多我沒見過的花朵。

「這裡也太漂亮了吧！」我驚呼。

「是啊，上次躲雨的時候，我因為無聊有繞著走一圈，意外發現這座花園，還以為這裡已經荒廢了，原來還是有人會回來照料花園呢。」

「或許這就是屋主會定期回來的原因吧。」我告訴林子凡關於前面的雜草與信箱的信件。「這樣我們進來是不是不太好？」

「呃，可能吧。如果被抓到，就說我們是看這些漂亮的花就好。」

「沒想到你也有這種叛逆的個性在呢。」我輕笑著，而他盯著我看，然後也笑了起來。

「有啊，只是不多。」他調侃著自己。

我都不知道他還有這樣的個性，越是跟他說話，就感覺自己越認識他，對他的好感也越多。

「這些都是什麼花呀？」我看著那些花朵，仔細一瞧，花朵沒一種重複，千奇百怪的，有些長在樹上、有些是盆花、有些長在土裡。

「那白色黃點的是水仙花，百合就不用介紹了吧？旁邊的是日日春，大盆子裡頭裝滿水上面的則是蓮花，還有角落的白花是山荷葉，在旁邊的紅花是玫瑰，一旁的樹上有橙花、雞蛋花……」林子凡仔細為我介紹，但忽然止住了嘴。

「你懂好多花呢。」我覺得十分驚奇，照理來說，男生應該都不懂花才對吧。他盯著我看，似乎想看出什麼，但是我歪頭，他則搖頭笑了笑，「因為我家是開花店的。」

「花店？真的假的？我都不知道。」我驚呼，想著他拿著花朵的模樣，覺得很不適合，但又好適合。

「是啊，所以我很懂花。」他很是自豪。「妳看後面那個山荷葉，上一次大雨時，它的花朵還變成透明的喔。」

「真的假的，聽起來好特別呢，一定很美。」

「下次下雨的時候，我們再一起來看吧。」林子凡突如其來的邀約，讓我愣了下，他接著繼續說：「我一直想讓妳看看這花園，但是在學校我們都沒機會說話。」

我心一沉，他想帶來看這片花園的人，是傅冰冰，不是我，戀雪音。

我奪走了傅冰冰的機會，藉出她的名字，站在了這裡。

「喔……你下次可以直接說啊。」我低下頭，將下巴抵在雙膝之間，悶悶地說。

「不用了，我今天帶妳來看就好了。」林子凡揉了揉鼻子，「能不能偶爾，我們約在這裡見面？」

「咦？」我紅著臉，看著他也有些泛紅的臉。

「下一次，你要不要直接在學校約……」

「我現在就約妳了，現在約妳不行嗎？」他伸手摸上我的臉頰，他的指尖好冰，碰到我肌膚的瞬間，讓我起了雞皮疙瘩。

我些些縮了肩膀，感受到指尖滑過我的臉頰，慢慢地移動著，然後又離開了，又碰觸了，小心翼翼的，就像我是什麼易碎物品一般。

「但是我……」

「我每次在這裡與妳見面，都不會戴隱形眼鏡的，這樣子妳還會有顧慮嗎？」

聽到這句話，我頓時瞪大眼睛。

「你、你是……什麼時候……」

「從一開始。」林子凡的雙眼變得認真，「我沒有近視，戀雪音。我一開始就知道是妳。」

我捂住嘴，立刻起身就要逃走，但是林子凡卻更快抓住我的手腕，「不要逃走。」

掙脫不了他的手，我只能閉起眼睛，大聲說著：「為什麼一開始知道卻不拆穿我？為什麼要騙我你看不見？為什麼當我說是傅冰冰時你也不反駁？」

我覺得自己好丟臉、好糗，我完蛋了，要是他告訴傅冰冰的話，那一切就真的完蛋了。

「求求你不要告訴傅冰冰，我會自己跟她說，所以你……」

「戀雪音，我不會告訴任何人。」林子凡皺起眉頭，「我只是想確定一下，妳是怎麼想的而已。」

我聽不明白，詫異地抬頭看著他，只見他眉頭緊蹙，露出了無奈的微笑，「傅冰冰對我有好感，我知道，這很明顯。但是妳呢？」

我瞪大眼睛。

「妳看起來一點也不在乎我們……應該說不在乎我。總是用百般無聊的表情站在旁邊，所有女生都在起鬨我的經過時，只有妳從來也不會抬頭。我只是想知道，妳是怎麼想的。那天遇見妳是個意外，但妳看起來很緊張，似乎不想與我有太多接觸，我才會騙妳說隱形眼鏡不見了……我以為這樣可以跟妳熟識一點，沒想到妳卻說自己是傅冰冰。」

「我、我不是故意的，我只是……」我覺得好想逃跑，但是林子凡的手完全沒有放鬆力道。

「透過那次談話，我覺得妳並不是真的不想跟我說話，我後續幾次觀察下來，有了另一種想法。所以我今天才會這麼強硬地約妳，想知道妳會不會過來，沒想到妳又道歉，所以我再次假裝隱形眼鏡掉了……這時候妳又變成傅冰冰了。」林子凡靠近了我一步，抓著手腕的手滑落到我的手掌之中，就這樣若有似無地牽起了我的手。

「等、等……」我試圖抽手，但他的力道並沒有很重，我要是強硬拉出的話是可行的，但是……

「妳是因為傅冰冰的關係，所以才與我保持距離嗎？」林子凡凝視著我，那雙眼深邃，就像是把我的靈魂牢牢綁住一樣，無法掙脫。

「……」我沒有說話，看起來像是默認。

事實上，我確實是這樣。

林子凡握緊了我的手，然後緩緩向前靠向了我，我不知道他想做什麼，但是當他的臉離我只有一個手掌的距離時，我選擇了閉上眼睛。

那炙熱又柔軟的唇瓣覆蓋在我之上，帶著夏季的太陽味道，彷彿如一束光亮照射進我的內心。那雙唇離開了我，接著又覆蓋了上來，他輕輕張嘴撬開我的唇，我沒有拒絕，且回應了他。

然後他鬆開了我的手，並把雙手放到了我的肩膀上，緊緊地抓住我的肩。我可以感覺到他的顫抖，而從他鼻尖的氣息，我也能感受到他的慌亂。

他沒有我想像的從容，他也跟我一樣害怕跟緊張。

然後他的手游移到了我的背上，而我也抬起手想要擁抱他、回應他。

但是這個瞬間，傅冰冰的臉閃過我的腦海中，我立刻睜開眼睛，用力地推開了林子凡。

「……」他不明所以，但從我慌亂的眼神中，明白了我的拒絕。

「妳也喜歡我。」他不是疑問句，我的回應也代表了我的感情。

我沒有忽視那個「也」字，這表示林子凡也喜歡我。

但是為什麼？為什麼會這樣？

「我、我沒有。」我趕緊擦了嘴巴，覺得渾身都在顫抖，「今天的事情我會當作沒發生過，你也忘記吧。」

「妳有辦法當沒發生過嗎？」林子凡皺眉，「我沒有辦法。」

「沒辦法你也要想辦法！」我大叫著，趕緊撿起自己掉在地上的袋子，然後直接就逃離了這裡。

我實在不敢相信經歷了什麼，他喜歡我，這無庸置疑讓我好開心，我幾乎都覺得自己飄飄然到要飛起來了，而且我們還接吻了，這是我的初吻啊，初吻居然能夠獻給林子凡，這件事情我一輩子都會記得的。

但是為什麼，這本該是美好的兩情相悅，我卻不得不放棄？

是不是我不該自作聰明，本就該在傅冰冰說喜歡林子凡的時候，就也承認自己喜歡他。或是在傅冰冰最後一次跟我做確認時，我就不要裝作大氣又大愛的模樣？

到頭來，我跟傅冰冰還是不同，我自私又矯情。

我沒辦法像傅冰冰一樣，為了朋友而隱藏自己的心意。我隱藏得不夠確實也不夠果決。我一面告訴自己要為了朋友，卻一面偷偷摸摸地。

我大哭起來，對不起，傅冰冰，妳有我一個這樣的朋友。

天空下起了大雨，沖濕了我的臉，我一面抹去臉上的水，分不清是淚是雨，但都沖刷不去我內心的奸詐與善妒。

停下了腳步，我蹲了下來，痛哭不已。

✷

或許是因為在大雨中哭泣，淋了十分鐘的雨，所以感冒了吧。

隔天我發了高燒，所以只能向學校請假。

我一方面覺得很慶幸，但一方面又有點擔心林子凡會不會太過衝動，所以跑去找傅冰冰說什麼。

思前想後，我還是決定要前往學校一趟。所以中午吃了退燒藥以後，我便揹著書包來到學校。

由於是中午時間，班上的人都在午休，我偷偷摸摸地進到教室，把東西放好以後，也昏沉沉地睡著了。

我隱約感覺到有人在我旁邊說話，但覺得頭很沉重，或許是藥物的副作用，讓我覺得真的好想睡。

「雪音還好嗎？」

「……應該還好吧，她還有點發燒的感覺。」一雙冰涼的手放到我的額頭上，我忽然驚醒，這是傅冰冰的手。

而我一睜開眼睛，居然看見林子凡的臉，他見到我忽然睜眼也嚇了一跳。

「啊，她醒了。」傅冰冰抽回了手，歪頭看著我，「妳今天幹嘛不就請一整天的假？」

沒想到一睜開眼睛，就同時看見兩個我不希望同時出現的人。

林子凡站在我座位左邊的窗外，而傅冰冰則站在我的右邊。

「因為我想說，比較好一點了，怕課業跟不上。」我緊張地隨便說。

「妳就算少一天的進度也不會有問題的嘛。」傅冰冰皺眉，「要不要去保健室休息？」

「不、不用，沒關係。」我不敢看林子凡，但又很好奇為什麼他會在這裡，也擔心他有沒有告訴傅冰冰昨天的事情。

「妳是昨天淋到雨了嗎？」林子凡忽地開口，什麼話不說，就說這句。

「昨天……你們有見面嗎？」傅冰冰疑惑地問。

「沒有！昨天不是下大雨嗎？我今天又發燒，所以很自然就會聯想昨天是不是淋雨才感冒的，對吧？」我瞪著林子凡，要他贊同我說的話，但是林子凡只是聳聳肩膀。

因為過於激動，我感覺自己好像又要燒起來了。

「昨天是下大雨沒錯啦，但是……」傅冰冰看了我，又偷偷看了林子凡，最後選擇微笑著說：「妳發燒了還來做什麼？在家好好休息就好了呀。」

「因、因為我就是……課業怕跟不上。」我再次因為一樣的藉口而心虛不已，但看來林子凡什麼也沒說，這讓我鬆一口氣。

也因為過於緊張，一鬆懈下來後，忽然就頭昏眼花了起來。

「欸！戀雪音！」在我眼前一黑前，我隱約聽見了傅冰冰的喊叫。

等我再次張開眼睛，發現自己居然在保健室，後腦下還躺著冰枕。我想從床上起來，但覺得頭很重，身體也很虛弱。

「妳醒了嗎？」一個聲音差點讓我嚇到摔下床。

我轉過頭，拿著紙杯的林子凡就站在床簾的旁邊，他的眉宇間帶著擔憂。

「怎麼、你怎麼在這裡？」我緊張地問，還東張西望找尋傅冰冰的身影。

「妳忽然暈倒了，所以我把妳送來保健室。傅冰冰去找老師打電話給妳家人，請他們來接妳。」林子凡把水遞給我，「喝一點吧，妳還在發燒。」

雖然有點猶豫，但喉嚨實在乾燥得難受，所以我接過了水，一口氣喝完。但喉嚨依舊疼痛不已，就連頭也很重。

「妳今天這麼不舒服還堅持要來學校的原因，是因為怕我把昨天的事情告訴傅冰冰嗎？」

「！」被他說中的我有些無地自容。

「放心，我還沒有那麼不為妳著想。」林子凡停頓一下，「但我也沒打算等妳太久，妳要找時間和傅冰冰坦白。」

「我……」

「不然，就是我去說了。」

「要說什麼？」傅冰冰拉開了床簾，一臉疑惑看著我們。

我真的心臟要從嘴巴吐出來，不，乾脆就讓我心臟停止算了。

見到我驚慌到說不出話來，又看起來很不舒服快死了的模樣，所以林子凡嘆口氣後說：「說她要回家。」

「本來就該回家啊。妳媽媽很驚訝妳居然跑出來，等等會過來接妳，妳就好好回家休息吧。」傅冰冰怪叫著，還碎唸著不明白我為什麼一定要跑來學校，然後壓著我躺回床上。

我的身體真的太不舒服了，腦子也沒辦法思考，就這樣子再次睡去。之後媽媽來接我了，我也迷迷糊糊地上了車，期間傅冰冰好像都陪在我身邊，在我上車前，傅冰冰還輕輕抱了我一下。

「雪音，妳是不是有事情瞞著我？」

我彷彿聽見她這麼說，而我回答什麼，我忘記了。

但當我到家後在車上醒來時，感覺眼睛十分痠澀，像是哭過後一般的乾。

✷

康復後，我精神飽滿地來到學校。

發燒真的會讓人腦子混亂到搞不清楚狀況，還一度燒到四十度，讓我以為腦子要融化了。

來到教室一陣子後，意外的還沒見到傅冰冰，平常這個時間她早就到了。

這讓我有點擔心，她會不會被我傳染感冒了？

「早安。」就在我準備要打電話去她家的時候，傅冰冰到了，她經過我身邊時對我打聲招呼，然後就直接到座位放好書包，拿出課本。

這讓我覺得非常奇怪，平常她會一邊放書包一邊跟我聊天，之後還會來到我的座位旁邊繼續聊，為什麼今天這麼反常？

「冰冰……」我正想叫她，但鐘聲響起只能作罷。

一堂課過去後，我馬上跑去找她，但是傅冰冰的反應卻怪怪的，這讓我也覺得有些詭異。

「妳怎麼了？」

傅冰冰有些不滿地抬頭看著我，眼底竟然還含著眼淚，「戀雪音，妳有什麼事情瞞著我？」

我內心一驚，「什麼東西？」

「昨天我問妳是不是有事情瞞著我，妳跟我說對。我問妳什麼事情，妳說不能告訴我，但這件事情讓妳很困擾。這讓我好震驚，我們不是最要好的朋友嗎？不是應該彼此商量煩惱嗎？但妳卻瞞著我。」

「昨天？」我大驚失色，遺忘的記憶都勾了回來。

原來發燒到某個程度，是真的會意識模糊到短暫失憶，甚至容易說出平常不會說出的話。

「冰冰，妳不能相信發燒的人說的話啊！」

「發燒後說的話才是真的，妳能保證妳真的沒有事情瞞我嗎？」

搞得像是喝醉酒一樣。

「我、我……」我想起昨天林子凡說過，要是我不告訴傅冰冰，那就會是他來說。

我已經逃避了好久，用了自以為是的方法，最後讓事情變到這個地步。

或許，我早就該說實話了。

「我、我其實……」我深吸一口氣，「冰冰，我們可不可以到走廊尾說？」

班上所有人都側耳聆聽我們在吵什麼，那種事情可不能給其他人變成茶餘飯後的八卦呀。

傅冰冰點了點頭，於是我們兩個走往走廊尾端。在經過林子凡的班級時，我下意識往裡頭一看，林子凡也發現我們一前一後，有些怪異地走在一塊。

他似乎嗅到了我們即將攤牌，便試圖從教室走出來，但是我很快地跟他搖頭，他便止住了腳步。

就這樣，只有我跟傅冰冰來到了這個告白勝地。

「雪音，妳就老實告訴我吧。」傅冰冰劈頭就這麼說。

我深吸一口氣再次吐氣，然後轉過身看著她，「冰冰，對不起。」

「啊？」傅冰冰始料未及，錯愕地望著我，「為什麼要跟我道歉？」

「我、我一直……」我握緊拳頭，想著該怎麼說、怎麼坦承，她才不會生氣，才不會覺得我背叛她。

但忽然我意識到，無論我怎麼修飾我的詞藻，我的作為就是那樣。如果我還妄想用優美且無辜的詞彙來逃脫我的罪，那我才是真正的沒有反省，沒有想要求得傅冰冰的原諒。

是啊，所有的一切，都是起因於最初的那個謊言。

「冰冰，我其實一直以來，都喜歡著林子凡。」

我吐出了這個實話，這句話才是一切的始作俑者，而說完這句後，我感覺自己吐出了陳年魚刺，終於舒坦了。

「……就這個？」沒想到傅冰冰這麼問。

「啊……不是就這個，還有其他的。」

「其他的還有什麼？」傅冰冰皺眉，我竟然讀不出她的情緒，但是她沒有訝異是肯定的。

「其他就……等等，妳一點也不驚訝嗎？」

「我不驚訝啊，我和妳認識幾年了，妳有沒有喜歡一個人我會看不出來嗎？」傅冰冰雙手扠腰，像是指責我一樣，卻又抬起下巴很是驕傲。

「妳、妳真的一直都知道？那妳為什麼還問我……」

「我只是希望妳能坦誠，希望妳主動告訴我。」傅冰冰搖頭，「不是就這件事情吧？如果只是這件事情妳不會煩惱這麼久，甚至昨天還哭了吧？畢竟妳喜歡林子凡已經很久了。」

「就是……還有就是，我在之前的大雨天中偶遇林子凡，然後我就假冒了妳的名字……以為只會有那一次，但是之後……」我把一切都告訴傅冰冰了，包含林子凡親吻我，以及騙我戴隱形眼鏡的事情等等……

「哇，這資訊量就有點大了。」傅冰冰一手摸著下巴，像是在思考一樣。

「首先，林子凡喜歡妳我也不意外，我早就知道了。」

「啊？妳早就知道？為什麼？」這下換我訝異了。

「喜歡的人眼睛在看著誰很明顯吧。只要有在觀察林子凡的話，不難猜出他總是在追尋誰的身影啊。像是林子凡身邊的朋友，也都知道他喜歡妳喔。」

「真的假的？那妳為什麼從來沒有告訴我？」

「妳也沒告訴我妳喜歡林子凡啊！這些可都是我觀察到的。我本來還在想，妳到底要多久才會跟我坦白呢！」傅冰冰笑了幾聲。

「那妳……妳不是也喜歡林子凡嗎？為什麼還能……」傅冰冰聽我這麼說後，拉起了我的手腕，帶著清淺的微笑。

「我知道妳所做的一切，大概就是想彌補國中時期的事情吧。妳真是太傻了，何必這麼做呢？我們不是都說好，要公平競爭嗎？」

「但是……每次都是我在接受妳對我的好……而我這次還做了這麼差勁的事情。」

「哪有差勁啦！是林子凡按捺不住主動啦。我知道妳真心想幫我，但妳也是真心喜歡林子凡。」傅冰冰哽咽，「在我喜歡林子凡後，就發現他喜歡妳了。所以我知道這就是一場暗戀罷了，但我同時也有一點點想要報復妳一下，讓妳煩惱一下，所以才會一直裝作不知道。我是想說我要做到什麼程度，妳才會按捺不住告訴我呢？」

「妳……」

「所以，妳也原諒我這點壞心眼吧？」傅冰冰破涕為笑。

「妳無論做什麼我都會原諒妳，我甚至沒資格原諒妳。」我大哭起來，擁抱住了傅冰冰，「對不起，請妳原諒我！」

傅冰冰也回抱了我，「我們都原諒彼此啦！」

結果我們兩個就在這裡哭成了醜人兒，紅起的眼睛讓我們相視大笑。

「那妳再來就會跟林子凡交往了吧？」

「我也不知道……這種感覺好奇怪……」我苦惱著。

傅冰冰用力打了我的背，「苦惱什麼！互相喜歡當然就是交往啦！」

我揉著背，也同時用有些為難的表情看著她，這瞬間傅冰冰才懂我是在介意她的心情。

「三八耶，不用介意我好嗎！我在發現你們是互相喜歡的時候，就已經放棄林子凡了，我早就做好心理準備了。」

傅冰冰雖然這麼說，但是我知道放棄這件事情一點都不輕鬆。做好心理準備，但是再怎麼做好，真的面對到還是不一樣。

可是我親愛的好朋友，總是為了我、成全我。

「謝謝妳，冰冰。」但這些話我都吞下去，因為我知道這是她的溫柔，我不說破。

「一定要幸福喔！」傅冰冰對我比了讚，我也給了她微笑。

當我們走出走廊尾端時，看見林子凡正在他們教室門口來回踱步，似乎很擔心的模樣。

「……！」一見到我們，他先是鬆了一口氣，但下一秒看見我們哭紅的雙眼，他又變成擔憂不已且不知所措的模樣。

「呵。」傅冰冰一笑，「他真的很喜歡妳呢。」

「……」我咬著下唇，覺得既感動又害羞，同時還帶有一點點愧疚。

「去啦！」傅冰冰明白我的裹足不前，她用力推了我的背，將我往前一推。

我又回頭看了傅冰冰。

「不要回頭了啦！」

我給了她一個微笑，帶著抱歉、也帶著感激。

我邁開了腳步，沒有回頭，走向了林子凡。

「那個，我想跟你說，我也喜歡你。」

Chapter.02

重生

我的眼淚不斷滑落，擦去了又流。

明明告訴自己千百次，不應該流淚，這樣好像很弱小。

又或是說，我不想讓眼淚變成了武器。

分手的時候要乾脆俐落，再愛也該瀟灑離去。

我明明知道這一點，但是當他說出了「分手」這句話時，我的腦中還是一片空白。

手上切菜的動作停頓了下，但很快我便恢復了相同的速度切著，並且強迫自己要鎮定。我連頭都沒有回，深吸一口氣後，說道：「為什麼？你喜歡上別人了嗎？」

我記得要克制聲音不要顫抖，但瞬間的哽咽還是透露出了我的動搖。

「沒有。為什麼妳第一個反應會想到這個？難道我這麼不值得妳信任？」他的聲音很是沮喪。

但是他沮喪什麼？提分手的是他耶。

況且他怎麼敢在我切菜的時候提分手？我手上有刀耶。

我再次深吸一口氣，穩定自己的聲音說道：「我沒有不信任你。但你提了分手，不是嗎？」

「沒錯，但並不是我喜歡上誰的緣故。」他停頓了很久，我以為他不說話了，我們之間只剩下菜刀在砧板上的剁剁聲響迴盪。

切好的菜我放進瀝水籃後沖洗，來回兩次，將上頭的泥土與農藥殘留沖刷乾淨。關鍵的是，必須泡水一段時間，於是我將水龍頭的出水量扭到最小，讓籃子中的水形成活水。

接著我控制好表情與情緒，轉過頭看著坐在餐桌前的他。

這個與我交往兩年的男友，張啟程，我自認為我們各方面都很契合，所以不明白為什麼他會提出分手。

「那是為什麼？」我微笑著問。

「因為我不愛妳了。」他說得直接與老實。

「我知道，分手的理由不就是不愛了嗎？但是為什麼？我做了什麼還是沒做什麼，才讓你不再愛我了嗎？」

「妳什麼都沒做，妳很好，是我配不上妳。」

「不要想分手就用這種理由，給我真正的答案。」

「沒有任何理由，我也找不到理由。」他吼了一聲，「這世界不是凡事都有答案的！」

我轉頭把水龍頭的水關掉，然後脫掉了圍裙往一旁放。

「妳做什麼？」

「你都說要分手了，難道我還要留下來把飯煮完嗎？」我冷笑一聲，拿起一旁的提包，「先生，沒有這麼好的事情。」

說完，我頭也不回，穿好了自己的鞋子後離開。

關上門的瞬間我掉下眼淚，就這樣邊哭邊走回家，以為吹著夜風能讓自己好些，但眼淚卻越來越猖狂。

「不准哭，他都不愛妳了，妳有什麼好哭的！」我用手背擦掉眼淚，但新的淚珠馬上落下。

我的心一陣緊縮，一直以來我在愛情中都努力付出自我，也努力經營兩人，為什麼最後總是落得被人分手的下場？

我是不是不適合談戀愛？

終於走累了也哭累了，我坐到一旁的長椅上，看著眼前車水馬龍，吸吸鼻子，好像冷靜了不少。

拿出提包中的衛生紙，我擦掉了臉上的最後一滴淚，只剩下啜泣不已的吸鼻聲。

「嗯？」我嗅到空氣中的香味，然後抬頭看見了一旁的公園內，居然有一攤餐車。

出於好奇，加上香味實在太香了，我摸了下肚子，哭完後才注意到自己還沒吃晚餐的飢餓，所以我朝餐車的方向走去。

走近才注意到，它是間拉麵店。我都不知道臺灣也有像這樣的行動拉麵店。看著前台那空無一人的座位，我回頭張望了一下，在公園內做生意是合法的嗎？應該不會吃到一半被警察趕吧？

「歡迎光臨。」雖有簾子擋住，但老闆還是注意到我了，他在餐車後頭溫柔開口，讓我猶豫了一下後，還是走上前。

「你好。」我說著，伸手撥開了簾子，看見一個比想像中還要年輕的男人。他有著立體鮮明的五官，即便頭上包著頭巾，也難以抵擋他那帥氣與魅力的模樣。

「想要吃什麼呢？」他親切地問，發現自己在瞬間看呆了有點糗，我趕緊低下頭後坐下。

「那個、就味噌拉麵吧。」我說。

「好！一碗味噌拉麵。」他喊著，十分有元氣。

我聽著麵條投入滾水中並用筷子翻攪的聲音，以及拿起碗公加入調味料的碰撞聲，還有樹葉被夜風吹動的聲響，遠方馬路傳來的車輪壓過馬路的聲音。

不知不覺，我的心平靜了許多。

「來，妳的味噌拉麵。」一碗熱騰騰的麵放到了我的面前，簡單的配料，叉燒、筍乾、蔥、一片海苔與些許泡菜。

我用湯匙喝了一口，好暖、好好喝。

然後我拿起筷子夾起麵，吹了吹後大口吃下，麵條恰到好處，融合著味噌的香氣，配上一口湯，讓我飛快地吃著。

一會兒，老闆送上了啤酒與放著冰塊的杯子。

「咦，我沒有點這個。」

「妳是我今天最後一位客人，就讓我招待妳吧。」老闆說。但現在還是用餐時間，難道他這麼早就賣完了嗎？

「抱歉，我會吃快一點的。」

「我不是這個意思，妳慢慢吃吧，如果妳有時間的話，我想請妳幫個忙。」

他說道，而我今天最有的就是時間。

「沒問題，要幫什麼忙呢？」

「我正在研發新的下酒菜，就請妳一邊幫我試吃，啤酒我招待，這樣可以嗎？」

「那我真是太幸運了。」我笑著，這也太幸運了吧。

肚子感覺暖暖的，吃飽了以後就有了精神與力氣，就連悲傷好像都沖淡了一些些。

他送上了涼拌牛蒡，看起來平凡無奇，但咬下第一口便感受到牛蒡的香氣與一種特殊的味道融為一體，我驚呼著：「這個好好吃！」

「這可是我的自信之作喔。」老闆笑著，露出了潔白的牙齒，而我注意到他的嘴角邊有顆痣，當他笑起的時候，那顆痣會正好陷進他的酒窩之中。然而這樣恰到好處的融合，竟更增添魅力。

「真的很好吃，可以直接上市了。」我大力稱讚。

「太好了，客人，我很滿意妳。今天全部都我請客了！」

「哇！那我就謝謝老闆了。」有好吃的東西與好喝的酒，讓我不好的心情稍微緩和了些。

「小姐一開始過來時，看起來心情不太好，方便的話能讓我問問看是什麼事情嗎？」在老闆上了一輪小菜與啤酒後，開口這麼詢問。

「老闆也會好奇別人的事情嗎？」我有些訝異他能發現我的狀態，畢竟老闆一直都在簾子之後，還忙著幹活，居然也能注意到我的表情。

「實不相瞞，我這裡可是搜集故事的麵攤呀。」

「搜集故事？」

「我年輕的時候想當個小說家，結果老是被退稿，說我的故事太過不切實際，又或是超乎現實，總之我想，要是我自己想的故事無法受人青睞，那不如就搜集真實的故事，慢慢地集結成冊吧。」

「因為這樣，你才開了行動餐車麵攤嗎？」我問。「還以為搜集故事應該要開咖啡廳呢，這樣客人才會坐比較久不是嗎？不然拉麵咻咻咻，一下就吃完了。」

聽聞我此言，老闆只是笑了笑，「故事也很講求緣分啊。要是我每個故事都接收，那不就有很大的機會都在聽爛故事？」

「哇，好過分，對你來說是爛故事，但對那個人來說可是他的人生呢。」

「但不可否認，有些經歷化為故事，就是爛故事啊。」老闆一邊將蔥花灑到豆腐上，然後遞給我，「來，白玉豆腐。」

「有白玉豆腐這個種類嗎？」

「沒有，我亂取的。」老闆嘿嘿笑了聲，露出了調皮的笑容。

我用筷子夾起這小小的方正豆腐，一口塞入嘴裡，豆腐像是棉花一樣瞬間融化在口中。這是怎麼做到的？也太好吃了吧。

「這個也可以直接上市了。」我讚不絕口。

「謝謝這位客人。我有預感，妳的故事一定會很好聽的。」

「故事好聽有一個重點，你知道是什麼嗎？」

「是什麼？」

「就是能讓人感到難過。簡單來講，主角一定不能太快樂，一定要有令讀者投射的一個共鳴點，通常都是悲傷的部分。」

「喔？例如？」

「像是被分手、被背叛、被裁員、被欺負等，」我再次喝了口啤酒，「再來就是主角的絕地大報復，戰勝反派讓人一吐為快！皆大歡喜的快樂結局！」

「聽起來很不錯啊！」老闆也跟著拍手，「那客人妳也報復了嗎？」

我搖頭，還以為已經好多的情緒又再次湧上，瞬間眼眶就濕了。

「那個背叛者，他說分手的理由只是不愛，但我知道的，他有了別的女人。很多朋友都有親眼見過，只是我自己不願意相信。我原本想著，只要他不說，就表示還是在意我們這段關係的，但我沒想到他真的提了分手。」

我慢慢訴說著過往我們是如何透過朋友介紹認識，以及我們是經過了多少時間試探彼此，自然在交往前我們都確認過彼此的觀念、想法還有興趣皆很契合，因為我們兩個人都想談一場不會分手的戀愛，最後走向婚姻的殿堂。

而我會這麼肯定，是因為我看見了他的手機。

那有著他與另一個女人的甜言蜜語和未來的保證，而我就是他必須處理掉的現實麻煩，只要處理掉我，他們就可以雙宿雙飛。

他終於提起勇氣跟我提了分手，讓我原先以為他只是想在婚前放蕩幾次，最後還是會和我結婚的夢想全碎了。

我不是能接受出軌的類型，但我認為如果在婚前玩透了，婚後一定能更加穩定。況且之前都只是聽聞友人說看見張啟程和別的女人狀似親密，對我來說，只要我沒看見的話，那都不算是真的。

我知道這有些逃避的鴕鳥心態，可或許我就是不想面對現實，所以才會一直這樣自欺欺人。

但內心逃避是一回事，親眼看見他與別人調情的訊息又是另一回事。

所以我記住了那個女人的名字與頭貼長相，雖然覺得有些眼熟，但我實在是沒有時間與心力去查詢。

但是某天，卻以意想不到的方式出現在我的面前。

那是在他與我提分手的前幾天，我下班後去他租屋處時，正好遇見隔壁鄰居要出門。那一瞬間我才忽然發現，就是對面的鄰居，他出軌的女人。

「啊，妳好。」她見到我先是一愣，露出了些微心虛的表情，但還是有擠出和善的微笑。

「啊……」我非常克制自己不要驚叫出聲，控制自己的表情記得微笑，「妳好。」

「戀小姐，妳來找男朋友呀？」她與我閒話家常，而我一邊按著當時還是男友家的電子密碼，那是我們的交往日期。

「是呀，想說來給他一個驚喜。」然後我頓了一下，我跟她說過我姓什麼嗎？

「那個，不好意思，請問怎麼稱呼？」

「我姓傅。」她微笑，而她 LINE 的名稱是冰冰，所以傅冰冰是她的全名。

就算她偷看過張啟程的手機，看見我的聊天視窗好了，但我的名稱也只是英文名字，就算社群平台好了，我也沒有用自己的本名。

那她是怎麼知道我的姓氏？難道直接問張啟程嗎？那也太過分了吧。

所以，我決定回敬她一些。

「傅小姐妳好。不好意思，想問妳一件有點奇怪的事情。」

「是什麼事情呢？」她的笑容轉為有些緊張與戒備，但該死的是，她長得真的很漂亮。

那冷豔風格的妝容與精緻的五官，就像是電視上的藝人明星一樣，幾乎零毛孔的細緻皮膚，還有高䠷又纖瘦的身材，這絕對是所有男人都會喜歡的類型。

我自認自己也不差，但站在傅冰冰面前，我就像是女配角一般。

但，張啟程有這麼優秀嗎？值得讓這樣美麗的傅冰冰委屈自己當個小三？

這瞬間我忍不住想笑，所以我也算是贏過了這個女人嗎？我不需要感到自卑，因為正宮還是我，就連這樣的女生也只能當小三。

又或是，證明我的眼光的確很好，因為有兩個女人都想和張啟程在一起，包含我，甚至想和他結婚？

實在太可笑了，但是可笑的人究竟是誰，我都不知道了。

做錯事的明明是男人，最後卻變得我和傅冰冰互相批評彼此。

「我男友好像有別的女人了，妳看過他帶誰來過家裡嗎？」面對我的開門見山，傅冰冰的臉明顯僵住了。

「啊……這個，我可能不太清楚……」

「是嗎？我以為妳會知道呢。」我故作惋惜。

「為什麼覺得我會知道呢？」她試探地問我。

「因為妳就住在對面，我想說應該有很高的機率可以看見他的客人。」

聽聞我的解釋，她些微鬆了口氣，「我不知道呢，因為我很少注意。」

「是嗎？謝謝妳。」說完後我打開了門，正準備進去，傅冰冰又叫住我。

「那個，妳確定他劈腿了嗎？」

「是啊。」

「那妳會怎麼做？」

我見她的雙眼帶著殷殷期盼，她希望聽見什麼話我很清楚，但我不會如她所願，於是我笑了笑，說了句：「男人都貪玩，反正我們還是會結婚的。他既然沒有跟我坦白，不就表示了他還想跟我繼續在一起直到結婚嗎？」

真扼腕當下我沒有拿手機出來錄下傅冰冰的臉，那充滿絕望的模樣，給了我一絲復仇的快感。

「戀小姐，我覺得妳要分手。」在我關起門的時候，我看見傅冰冰雙手緊握著她的提包，身體似乎微微顫抖著。

她抬眼看著我，冷峻的模樣讓我瞬間有些雞皮疙瘩，「他配不上妳。」

「謝謝妳的抬舉。」我說完後就關上門，在門完全闔上前，她都還是一直盯著我看。

那眼神，讓我有些發毛。

但或許就是因為我做了這件事情，使得傅冰冰與張啟程提分手吧，他可能急了慌了，又或是經由他的比較過後，覺得比起我，傅冰冰更好。

所以才有了開頭那一幕，張啟程與我提了分手這件事情。

「嗯，為妳的勇敢乾杯。」老闆已經脫下了白色的廚師帽與圍裙，就坐在一旁聽著我說。

我舉起酒杯與他的酒杯乾杯，大口喝下。

「聽起來妳是很勇敢的類型，不是會默默承受的傻白甜耶。」對於我的主動出擊，老闆給了很強烈的好評。

「謝謝，我也很討厭那種只會默默承受的傻白甜類型。」雖然這麼說，我也是當過了一陣子的縮頭烏龜，要不是張啟程主動分手，或許我也會繼續裝傻過下去吧。

「但如果妳的故事寫成小說，不覺得也有點無聊嗎？」

「哇，你真敢說！」我笑了笑，但也同意。

「高潮點就只有在妳遇到鄰居兼小三的傅冰冰，還有跟她那一段精采對話罷了。」老闆聳聳肩，我看著他嘴角的痣在微笑之下陷入酒窩之中，「然後妳乾脆分手，連我都知道這種故事沒人要看啦！」

「但是人生就是這樣啊，人生很多時候故事就是結束在一些奇怪又不上不下的地方，總不可能每個人的人生都有合理的解釋或是爆炸性的發展～」我學他聳肩，「所以人們才喜歡看故事啊，因為故事可以彌補自己現實人生中的不滿。」

「那如果這樣的話，我們要不要來寫寫自己的故事呢？」老闆忽然與我這麼提議。

「寫我們的故事？不是說了嗎？我們的故事很無聊，寫出來也沒人要看的。」我擺擺手，又喝了一口酒。

「不是這種寫，是我們去創造。」老闆瞇起眼睛，說著我聽不懂，卻又好像明白了的話。

「你是說……就像記者沒有新聞，就自己製造新聞一樣嗎？」

「這就有點偏頗了，但我的意思就是這樣沒錯，不過我們是寫自己的人生罷了。」老闆也把酒一飲而盡，紅起的臉蛋讓我猜想他是不是醉了。

但此刻我也有些微醺，或許就是在這種狀況之下，我才會接受這種不合理的提議。

「對了，我叫林子凡，妳叫什麼名字呢？」

我瞇起眼睛，覺得這種微醺的醉意，讓我的身體輕飄飄的很舒服。

他嘴角的痣此刻看起來性感至極，我輕笑著，「我叫戀雪音。」

*

隔天醒來後，我記得與林子凡的相遇，記得那些美味的食物，也記得他跟我說的提議，但是卻忘了最後我們是怎麼談論，而我又是怎麼回到家中的。

我揉著有些疼痛的太陽穴，一邊拿起手機確認時間，卻發現我的訊息通知有好幾條，這讓我嚇到了。

從首頁看來，大多數的人都是傳連結給我，並且寫了什麼「要嚇死人了」、「妳還好嗎？」、「這個不會是……」之類的。

我的內心升起了些些不安，隨即點開了其中一個人的訊息，再點入連結。

那是一個新聞快訊，提及有一名張姓男子被人殺害，陳屍在租屋處。而發現他屍體的則是對面鄰居，傅姓女子。

我大驚，這是……我馬上搜尋，所有的新聞都只有初步狀況，就是一個男生被闖入的人持刀殺害，現場都是血跡也有紛亂的腳印，而因為門沒有關，所以對面鄰居出門時發現不對，一瞧見屍體放聲尖叫，同層樓的人聽見聲音才開門，注意到這一切並且報警。

除此之外，就沒有更多的消息了。

我捂住嘴，根據新聞照片的大樓，還有裡頭的敘述，那是我的前男友張啟程啊……

他怎麼會一夜之間就被人殺死了？

「喔？妳醒了？」林子凡下半身圍著浴巾，另一手拿著毛巾擦著頭，然後從我的浴室走出來。

「！」我嚇了一跳，整個人往後一跳，頭因此撞到後面的櫃子，痛得跌坐在地。

我驚駭得發不出聲音，一邊捂著頭一邊指著他。

「喔？妳全部忘記了？」林子凡很訝異，繼續用毛巾擦拭著他結實的上半身，轉了轉眼珠後說：「也好，忘了的話，故事會更好看，對吧？」

「你、你為什麼會在這裡？」我終於找回了聲音，站起來指著他，接著馬上確定自己的衣服是不是完好無缺，卻注意到自己已經換成了睡衣。

「放心，衣服是妳自己換的，我們什麼都沒發生……」他歪頭想了一下，把毛巾往一旁的髒衣籃丟去，「但可能要看一下妳對『發生』的定義是什麼來判斷。」

「你快點穿上衣服！」我驚叫，他卻搖頭。

「我沒有衣服穿。」

「怎麼可能！你昨天的衣服呢？」

「那個已經不能穿了啦。」他失笑，然後注意到我掉在地上的手機螢幕，上頭正顯示著張啟程死訊的新聞。

「哇，被發現了喔？」

聽到他這句話後，讓我愣了下，「你說什麼？」

「妳前男友的屍體啊。」他帶著輕笑說，這讓我背脊發涼，全身的血液彷彿都褪去一般。

「你、你這是什麼意思？難道我們昨天……」我嚇得立刻往髒衣籃的方向衝去，將裡面的衣服一件一件快速地丟出來，想找到我昨天穿的衣服。

林子凡好整以暇地來到衣櫃邊，非常自然地打開衣櫥後找著合適的衣服，意外找到之前我幫張啟程買的一套全新的運動服，於是他沒有猶豫地拉開了浴巾，並往我這邊丟來，濕浴巾就落在髒衣堆上。

「沒有、沒有！」我驚慌大叫，找不到我昨天穿的衣服。

「找不到啦，我們都處理掉了。」林子凡已經穿好了新的運動服，好笑地看著我。

「我們處理掉了？我們是誰？處理掉了又是誰？」

「我們就是我跟妳啊！處理掉了就是……燒掉了。」林子凡對我一笑，此刻的他就像是拿著鐮刀的死神一樣，令人發毛！

「叮咚。」門鈴響起，讓我嚇到跳起來。

林子凡則是瞇眼，然後輕鬆地坐到了一旁。

「妳去開門，還是我去開門？」

「當然是我開，這是我家！」我顫抖著聲音說。

我現在腦子亂成一團，想搞清楚昨天到底發生什麼事情，還有張啟程到底是發生什麼事情。

我從貓眼看去，是兩個穿著便服的陌生男子，他們看起來憔悴又嚴肅，但我不認識他們。

「請問是哪位？」我在門裡喊著。

兩個人聽見我的聲音後對看一眼，接著眼睛對上貓眼的位置，然後出示警察證件，「妳是戀雪音嗎？我們是警察，請開門。」

我別無選擇，只能打開門。或許是顫抖到不行的心虛模樣，加上慘白的臉色與打顫的牙齒，警察們一看見我就又再次互看一眼，似乎覺得我嫌疑重大。

「妳是張啟程的女朋友吧？方便跟我們去局裡一趟嗎？」

「我、我……」我驚慌地往林子凡的方向看，他只是聳聳肩膀。

「有人在裡面嗎？」

「咦？」我還來不及反應，警察已經用力推開門。

「等、等等！」我想制止，但是當警察進到屋內，我訝異地發現林子凡居然消失了。

「……沒有人。」

「戀小姐，請跟我們回局裡一趟吧。」

「……我、那我換個衣服……」我一邊往房間走去，一邊小心地斜眼找尋，林子凡這傢伙有夠沒義氣的，居然躲起來了。

但他的速度也太快了吧，怎麼有辦法馬上躲起來？

我看著地上凌亂的衣服堆，也只能回來再整理了。

不過，或許林子凡不要出現比較好，畢竟對警方來講，我一定是優先調查對象前幾名，要是這時候發現昨天才分手的女朋友，今天就有了新的對象，這樣可說是加重嫌疑啊。

換好衣服後，我跟著警察上了警車，好死不死走出來還遇見其他鄰居，搞得我像是兇手被抓走一樣……但我是兇手嗎？不是吧！我怎麼可能殺了張啟程。

但是……我對昨天是真的一點記憶都沒有……有沒有可能我和林子凡酒性一

起，就沖著一頭熱跑去傷害張啟程？

這麼荒唐的事情有可能嗎？

不，不可能的。我平常連蟑螂都不敢殺，怎麼可能喝了酒就會去殺人。對，我很恨張啟程沒錯，但那是因為我愛過他。所以不可能因為被劈腿就去傷害他，更不可能要為此賠上自己的未來。

所以我唯一要做的，就是實話實說，不記得就不記得，反正監視器這麼多，總是可以證明我的清白。

我以前曾經因為將雨傘放在餐廳外頭，被人「不小心」拿走而報警過，那時候還是張啟程陪我一起報案。當時我們就直接坐在看起來像是公用電腦區一樣的桌子旁，等警察幫我們將詳細狀況填入電腦內後列印出來簽名即可。

所以我原本以為這一次也是一樣。

但我卻被帶到了像是電視劇才看得到的小房間裡頭，眼前是一面雙面鏡子，我想像鏡子的後面有些位階比較高的人正觀察著我。

這下可真不妙了，看來我被懷疑成頭號嫌疑犯啊！

但我很努力不露出驚慌的表情，這時候門被開啟，進來的人是比較嚴肅的資深員警，「戀雪音小姐，請問妳知道什麼事情被帶過來嗎？」

我點點頭，「早上起床已經看到很多朋友貼連結給我了。」

「所以妳是透過朋友的新聞連結才知道這件事情？」

「嗯，我很訝異。」

「但妳看起來好像不太難過？」

我不知道警察可不可以這樣問，畢竟每個人表現情緒的方式不同，但與其說我是不難過，不如說我是驚訝又驚嚇，另外也沒什麼真實感。

「我看電視說，你們都會給嫌疑犯看屍體照片。可以不要給我看嗎？」

「妳覺得自己是嫌疑犯？」

「不然為什麼我會被帶來這裡？」我深吸一口氣，「我沒有殺張啟程，但我的確也有殺他的動機。」

他似乎對於我這樣說感到意外，「這話怎說？」

「張啟程劈腿很久了，我很多朋友都曾經看過他和別的女人摟摟抱抱，這點你可以去求證。然後昨天他與我提分手了，所以我們其實昨天就分手了，只是我沒來得及跟別人說。」

「……那方便提供妳昨晚的行蹤嗎？」

「離開張啟程的家大概是晚上七點多，接著我就一個人在大街漫步與哭泣。最後冷靜了後，我到了附近公園的一家麵攤吃麵，在那和老闆聊天。」

「聊到幾點呢？」

「……我們喝醉了，所以是聊到天亮。」

「……」警察皺起眉頭，「那位老闆人呢？」

「呃……我不知道，我醒來前他就走了。」

「那請妳提供詳細的公園位置，還有那攤麵店與老闆的資訊。」

於是我照實說了，只扣除早上林子凡躲起來的事情。

「對了，那位發現屍體的傅小姐有說什麼嗎？」

「她需要說什麼嗎？」警察猜測，「難道她和張啟程有過節？」

「不是，她就是張啟程的小三。前幾天我還與她正面交鋒，我猜想或許是因為這樣，她跟張啟程提了分手，所以張啟程才會急著昨天跟我說分手吧。」

所以你死掉，是你的報應。

✷

「喔，歡迎回來。」

當我回到家以後，見到不可思議的一幕。林子凡居然神態自若、怡然自得地吃著我的餅乾、喝著我的啤酒，然後翹腳坐在沙發上愜意地看著我的電視。

「你！」我大叫，但手指頭比著他老半天也罵不出半句話，最後只能嘆氣關門，走到沙發前拿起他喝剩的啤酒灌入口中

「我？」林子凡還有臉露出人畜無害的表情。

「昨天到底發生什麼事情？我們在麵攤喝了酒，然後我告訴你自己被劈腿，然後你說我們可以創造好看的故事，接下來呢？」

「接下來，妳就鉅細靡遺地告訴我所有事情，連照片都讓我看了。我們一起討論要怎麼創造一些好看的故事，然後我們得做些什麼。」他說得輕巧。

「我們、我們應該……」我嚥了一下口水，「沒有殺人吧？」

林子凡挑起一邊眉毛，「妳都忘記的話，是怎麼跟警察說的？」

「就說昨晚跟你喝醉了然後共度一夜，早上起來你已經走了。」

「怎麼不老實說我躲在妳家呢？」他露出意味深長的笑容。

「那你又為什麼要躲？警察來的時候一起走不就好了？」

「喔，我不方便跟警察走啦。」他聳肩，「妳不覺得失憶更不錯嗎？更有懸念。」

「屁啦！現在又不是在寫故事給誰看！這是我的人生耶！」我激動地喊。

這時候新聞以快訊的方式，報導關於張啟程的後續消息，甚至還說已經約談張姓受害者前女友。我的老天，才剛在警局說完我們分手，怎麼現在媒體就馬上知道了？

「警察還有這樣子辦案的啊！」我大叫。

「有人有意走漏風聲。」林子凡手指點著桌面，「但不是警察。」

「你又知道了，除了警察還有誰？」

「還有很接近這件事情的人啊。」林子凡說著我聽不懂的話，然後站了起來，「我餓了，要不要煮泡麵來吃？」

「我很想發脾氣，但我確實也餓了。」

「那好，我來煮吧。」林子凡朝廚房走去。

真是奇怪，明明一個昨天才認識的陌生人，如今怡然自得地在我家行走，我卻不覺得受到冒犯。難道是因為他長得很帥？

但我總感覺，他跟昨天晚上的形象有點不同，難道是因為我昨晚喝醉了嗎？

在他煮泡麵的時候，我一邊收拾著家裡的東西，順道把張啟程的東西都特別整理出來。

好在照片現在都電子化，所以他的東西不外乎就是送過我的首飾、對戒還有放在這裡的衣服等。

然後我打開筆電，準備把張啟程的照片移動到一個平常不會特別打開的資料夾裡頭時，發現我的筆電畫面停留在新聞頁面。

「跟蹤狂殺人……？」搜尋紀錄清一色都是相關的新聞，讓我有些狐疑。

我沒有搜尋過這些，那就是林子凡搜尋了。

「喂，你開過我的電腦嗎？」

「喔，正確來說，是妳的筆電本來就沒關機，我有借用一下搜尋一些東西。」

林子凡端著鍋子走過來，「借過一下。」

我將桌面清出一個空間，並放上了墊子。泡麵的香氣四溢，我立刻去拿了碗筷過來。

「你搜尋那些跟蹤狂的新聞做什麼？」

「嗯，我只是覺得有一點點像。」

「像？」

「跟張啟程的死亡方式滿像的，所以姑且確定一下。」

他說得含糊，我一邊吃著麵一邊點開那些新聞，內容大約都是獨自租屋的男人似乎被強盜入侵，被人用刀刺中要害而死亡。

「但這些都沒有寫是跟蹤狂呀。」

「有一些有寫，有一些沒有。但是受害者的狀況都很像，而且死法也是差不多。」林子凡快速地吃著麵。

「我不覺得新聞有寫這麼詳細。」我看著眼前的男人，心中有些狐疑，「你怎麼會知道？猜的？」

「猜的。」他微笑，但我知道他沒說實話，可是他並沒有惡意，也不像是壞人，所以我也沒有追問。

「警察應該之後也會找你問話，反正我們都不是兇手，對吧？」我再次確認。

「誰知道呢？」他又故意這麼說。「如果不是的話，為什麼昨晚的衣服會被我們處理掉呢？」

「我哪知道，或許是因為我們喝醉了，所以大吐特吐，衣服太髒了你才燒掉。」

「妳知道這個理由很牽強吧？」

「我知道，但比我們是兇手的這件事還更合理。」

「妳就這麼確定我們不是？」

「當然不是！」雖然不記得昨天的事情，但至少這件事情我能肯定。

只見林子凡把碗端起，將裡頭的湯喝個精光，露出滿足的笑容說道：「衣服我的確燒掉了，但是鞋子呢？」

「鞋子？」我一驚，馬上轉過頭看著玄關方向。

那裡只擺放著我稍早穿出去的球鞋，然而我昨天穿的是包鞋，那雙包鞋並不在那。

我立刻衝了過去，打開了一旁的鞋櫃，我那雙包鞋就在裡頭，連同林子凡的球鞋也在裡面。

大概只有一秒，我閃過了「鞋子怎麼了？」的疑問。但是下一秒，我馬上注意到林子凡的球鞋上那奇怪的深色汙漬，而我拿起了自己的黑色包鞋。

一開始我沒看清楚，但當我看向了鞋底的時候，倒抽一口氣並且頭皮發麻。

那是一整片深色的、乾枯的液體。

「妳覺得呢？鞋子要燒掉還是拿去給警察？」林子凡手撐著頭，事不關己地笑著，「我敢保證檢驗出來的鞋印，一定和犯罪現場吻合。」

✷

「戀雪音？請問妳是戀雪音吧？」一個聲音從我後頭響起，叫住了我。

轉過頭，我以為自己看錯了，居然是傅冰冰。

她露出了開心的笑容，然後朝我走了過來，「沒想到會在這裡遇見妳。妳在這附近上班嗎？」

「呃，對……」我愣了下，有種怪異的不協調感。「妳也在這附近上班嗎？」

「我最近才剛應徵上這附近的公司，太巧了，在這裡遇見妳。」傅冰冰走到我的身邊，「不介意的話，我們一起走一段路吧？」

「喔。」面對她的態度，我覺得有點奇怪，我跟她是這種可以聊天的關係嗎？怎麼感覺她在跟我裝熟一樣？

「關於張啟程的事情，我想跟妳道歉……」忽然她低聲說：「我沒有考慮後果，也沒有考慮和他在一起的事情會有多傷害妳……」

我有些驚訝她的坦白，「為什麼忽然跟我說這件事情？」

「因為他意外過世了，我好震驚也好害怕，事情就發生在我家對面……」她的臉色些微發白，手也顫抖著，「因為他的死亡，所以沒辦法讓妳知道後續的事情，我才想告訴妳……但其實在那之前，妳也早就知道我就是那個小三了吧？」

我點頭，「但我沒想到妳會直接承認，尤其是現在……妳有告訴警察這件事情嗎？」

「我沒說，但我想妳被警察問話以後，一定會告訴警察這件事情吧？」她看著我微笑，瞬間我忽然閃過一個念頭，她現在是不是找我報復的？

於是我立刻往後退了些，她見到我充滿防備的模樣，瞬間有些驚慌，「我不是要怪罪妳，妳的立場當然一定要告訴警察。我當下太緊張，加上警察先入為主認為我就是鄰居，所以我也就忘記告訴警察這件事情了。」

忘記？這種事情會忘記嗎？

但我卻能理解她的不說，畢竟說出自己是小三的話，那若是我們沒有分手，對警察來說，得不到回報的感情就變成了她的動機，那她就是嫌疑人了。

「我知道了。」我淡淡地說，也放鬆了警戒。

而她好奇地看著我。

「怎麼了？」

「沒有，我只是在想，妳好像不是很難過。」

「我和他都分手了。」我說著冷血的話，為何要為了一個背叛我的人掉淚呢？「要說的話，妳看起來才不難過吧。」

「因為我和他也分手了。」

「分手，什麼時候的事情？」我大驚。

「就在他跟妳說分手以後吧。」傅冰冰歪頭，「他興高采烈地跑來找我，說你們終於分手了，然後說我們可以光明正大在一起。雖然我醒悟得很晚，但還是在那個瞬間醒悟了。這種背叛女友找小三的男人，我真的要跟他在一起嗎？我真是傻了啊！」

她說得誠懇又認真，我這瞬間才想問她是不是傻了，這種事情怎麼會在瞬間醒悟，在最一開始的時候就要知道了吧。

這時候，她的手機響起了。她拿起手機看了眼螢幕，然後用口型對我說：「警察。」接著接了起來，回應了幾句以後，便掛斷電話。

「怎麼了？」我反問。

「約我明天去警局問話，我想大概就是要問我是不是小三這件事情吧。」她聳肩，「做筆錄真的很麻煩呢，這樣我又得請假了。」

「……」

「對了，雪音，我可以跟妳交換聯繫方式嗎？」她拿著手機展示出了QR CODE，滿臉熱切。

「為什麼？我們的關係或許不適合太親密吧？」對於她自來熟的態度，讓我覺得很不舒服。

「是嗎？我以為我們變得很親密了。」她皺眉，看起來真的很疑惑。

「為什麼妳會有這樣的想法？」

「因為，我看到了啊。」她露出了天真無邪的笑容，映襯在她那張漂亮高冷的臉蛋上，顯化出來的只是更加令人摸不著頭緒的面容，「妳在張啟程死掉的那天，和一個男生一起從他房內走出來。」
我捂住嘴，接著下一秒卻說：「妳說謊，我不可能會出現在那邊。」但連我自己的聲音都在顫抖，我想起了那雙充滿深色乾枯液體的鞋底。
「我沒有說謊喔。」傅冰冰在手機上滑了幾下後，將螢幕轉回來給我看，我驚駭地發現，螢幕顯示的影像是傅冰冰家門前的監視器。
我看見張啟程的門被慢慢推開，接著是低著頭的林子凡，以及跟在後頭搖搖晃晃的我，在我從門邊探出頭的時候還差點跌倒，是林子凡及時扶住我。
而且我還注意到，林子凡在從玄關踏出前脫掉了鞋子，然後背起我後也幫我脫了鞋子。
「那個男人是誰呀？怎麼覺得好眼熟呢？」傅冰冰收回了手機，關閉螢幕後好奇地問我，「瞧他還記得脫掉鞋子，以防在外留下沾血的鞋印，感覺對這種事情很老練呢。」
我感覺自己不停顫抖，「妳、妳為什麼會有這種影像？」

「因為我一個人住呀，單身女子總是要小心一點吧，所以當然要放監視器。」

她說得理所當然，但是這個鏡頭是完全對著張啟程的房門耶！

這讓我不免猜想，難道這是她用來監視我每次進出張啟程家中的時候嗎？

「妳、妳想怎麼樣？」我顫抖著。

傅冰冰微笑，「我想加妳的聯絡方式。」

✷

我在白紙上寫上「失憶」兩個字。

雖然我堅信自己不會殺了張啟程，就算發現鞋子底部有血跡時，一度都還認為是林子凡的惡作劇。

可是當傅冰冰把監視錄影的畫面給我看時，明確照到了我和林子凡從屋內走出來的畫面。

現今科技發達，我還想過會不會是AI生成的影片。但不可能啊，她又不知道林子凡的長相，不可能會用AI生成他的臉。

同時我也緊張起張啟程的大樓是不是也有監視器，是不是也拍到了我？

如果是的話，為什麼警察沒有問我呢？

還是他們在暗中觀察我，看看我會不會潛逃出國？

不不不，我根本沒有殺張啟程。

最重要的事情是，我在影片中看起來雖然有醉意，但還可以行走，如果是這樣的話，我怎麼可能完全記不得？

「妳吃午餐了嗎？要不要一起吃？」我看見手機傳來傅冰冰的訊息，這已經是她傳來的第二十封訊息。

她到底有什麼問題？她是不是覺得我夥同朋友殺了負心男，然後她謊稱與張啟程分手，實際上只是要折磨我，讓我每天活在提心吊膽之中？

不理會她的訊息，我直接從公司離開，與同事一邊討論今天要吃什麼時，卻看見傅冰冰就站在一樓。

「雪音！」她一見到我便快樂地揮手，這讓我愣住。

「妳朋友嗎？」

「呃。」我猶豫著，但最後還是點頭了。「抱歉，我今天還是跟她吃好了。」

「沒事！放輕鬆一點。」同事貼心地拍拍我，他們都多少知道張啟程的事情。

我慘白著臉走到了傅冰冰面前，「妳怎麼知道我公司在這裡？」

「咦？妳上次有跟我說啊。」傅冰冰歪頭。

「我沒有！」我只有說過我在附近上班，怎麼可能告訴她我是在哪間公司？

「妳有，只是妳忘記了。」傅冰冰笑著，自然勾起我的手，「我們要去吃什麼？」

「妳說只要我加妳好友就好了。」我不走，僵在原地。

「加了好友不就是好友的意思嗎？我想跟妳當好朋友啊。」

「我為什麼要跟妳當好朋友？妳可是我前男友的小三，我怎麼可能……」

「但是他死了耶。」傅冰冰瞇起眼睛，「所以我們兩個都是未亡人，更應該彼此扶持啊。」

「妳在說什麼啊！」我簡直不敢相信這個瘋子的話，未亡人是什麼意思她懂嗎？

不對，更令我毛骨悚然的是，我從她的眼中看見的是認真。

「妳這是要折磨我嗎？妳不如直接去報警算了！」我大叫著，但是傅冰冰連忙捂住我的嘴巴。

「噓，小聲一點，我可不想妳被警察抓走。」她輕聲地在我耳邊說，溫熱的氣息吐在我的脖子上。

我用力推開她，覺得她很不妙。

「雪音？」她歪頭，而這瞬間我寒毛直豎。

我終於懂了上次見到她的不協調感覺，我從來沒告訴過傅冰冰我的名字，但是她卻準確知道我的名字、我的公司。

我渾身顫抖，明明正中午的太陽下，我卻覺得冰冷異常，「妳怎麼會知道我的名字？」

她頭先是朝右邊歪，接著又慢慢地朝左邊歪，然後一手放在下巴，似乎很是苦惱，然後抬眼看著我，「真是糟糕，我太開心了，所以沒有注意到這個細節。」

我嚇得立刻拔腿跑回辦公室，顫抖著打開手機，想找人求救，卻發現我沒有任何人可以求助。

以前我會找張啟程，但是現在他已經不在了，不是分手的不在，是這個人永遠、永遠消失在這個世界上了。

在這瞬間我才忽然有了「他死了」的真實感，我的心臟被狠狠地揪住，疼痛不已。

這時候我的手機響起，是傅冰冰打來的，我立刻拒接並且將她的號碼封鎖，也把她的 LINE 一併封鎖。

辦公桌上的電話響起，我接了起來，還來不及說：「你好。」的時候，傅冰冰的聲音已經從那端傳來，「為什麼要封鎖我？我做了什麼？」

我嚇到立刻掛掉，但是電話馬上再次響起，我馬上拔掉了電話線。

這是怎麼回事？她為什麼這麼可怕？

我嚇得顫抖，而手機響起，我愣了下，螢幕上顯示：「林子凡。」

我沒有存過他的電話，這表示他曾經拿起我的手機儲存自己的號碼，但他是怎麼做到的？他怎麼會知道我的密碼？

我身邊是發生什麼事情了，怎麼新認識的兩個人都這麼奇怪？

我猶豫了很久，直到電話掛斷後又響起，我才接起來。

「我是林子凡。」他的聲音出現在電話那頭，明明接起前我對他充滿懷疑，可是卻在聽見他的聲音後，緊繃的心忽然鬆懈下來，讓我哭了起來。

「林子凡……我跟你說，傅冰冰好可怕，她……」

「我知道，所以我才打給妳。」但話還沒說完，他便接續。

「你怎麼會知道？難道你是跟蹤狂？」

「我也算是一種跟蹤狂吧？但我是比較專業的那種，等等，別那種害怕的表情，我不是跟蹤妳。」林子凡輕笑了聲，「聽著，我現在會從妳公司大樓的後門進去，然後爬樓梯到妳的樓層，妳到樓梯間等我。」

「你知道我在哪一樓嗎？」我吸吸鼻涕。

「我知道。」他的回答一樣令我感到不可思議，但和傅冰冰那種毛骨悚然的感覺完全不同。

正當我走過櫃檯時，總機喊了我名字，「雪音，有人一直打電話到櫃檯找妳，妳座位的電話線是拔掉了嗎？」

「那個人是瘋子，不要理她！」我驚慌地叫，但此刻的我或許看起來更像瘋子。

總機沒料到我的反應如此之大，但她還來不及多問，桌上的電話又響起來，她猶豫一下後接起，而我在走出公司玻璃門前，清楚可以聽見話筒那邊傳來傅冰冰的咆哮聲音：「叫戀雪音聽電話！叫她接電話！」

我真的快要嚇死了，我的手與牙齒都不斷打顫，來到樓梯間等著，聽著那腳步聲急忙地往我的方向接近。

忽然我一驚，要是林子凡可以從後門不經過一樓警衛的方式上來，那會不會傅冰冰也……

一想到這裡，我從扶手空隙往下看，如果上來的是傅冰冰而不是林子凡呢？不，這是平底的鞋子踩在樓梯上的聲音沒錯，我剛才見過傅冰冰，她腳上穿的是有跟包鞋，所以不是她、不是她……

但即便理性上知道這件事情，隨著腳步聲越來越近，我的腦中還是浮現了上來的是傅冰冰的這種恐怖景象。

直到林子凡喘著氣出現在我面前，我才真正地放鬆下來。

下意識地，我就像是看見了救命稻草一樣，在鬆懈下後大哭起來，伸手抱住了林子凡。

＊

「冷靜一點了嗎？」他歪頭看著我。

「嗯。」我抽抽鼻涕，喝了一口他帶上來的溫咖啡。

我們站在樓梯間外的露台區，看著樓下車水馬龍，在陽光與微風之下，我覺得冷靜多了。

「你還有買罐裝咖啡，明明感覺事情應該很緊急啊。」

「我一早就來蹲點了，當然有空買。況且蹲點的基本就是得先買好所有補給物，否則離開崗位的時候目標出現不就功虧一簣了。」他說得極其自然。

「所以……你到底是什麼身分？你不是拉麵店的老闆吧……？」

「但是我在當時對妳說的話都是真的喔，我因為想寫小說，所以決定多體驗人生，只是我選擇的職業不是麵店老闆，而是偵探。」

「偵探？」我驚呼，完全沒想到的職業。

「是呀，我爸媽就是開偵探社的，所以我算是繼承家業吧。哈哈。」林子凡說完還大笑起來。

「那你為什麼要在公園開麵店？」難道是興趣？

「目標每天下班都會經過公園，我們家經過漫長的搜索情報，發現對方喜歡吃拉麵，所以才會開在那，藉此跟目標混熟一些，至少要推敲出目標的下一個受害者是誰。」林子凡聳肩，「那天會遇見妳完全是意外，那天目標下班時雖然經過了，卻沒有進來吃麵。我媽佯裝拉麵店老闆娘還與她打招呼，但是她只說家裡有急事就先走了。所以沒辦法，我們也只能收攤了，只是一直有客人陸續在用餐，所以最後我媽先走，剩下我在收攤時，妳就出現了。」

「那你還在那邊假裝測試新菜色什麼的，為什麼沒有趕走我？」

「因為妳看起來很難過，加上我們食物還有剩，還有最重要的一點……妳是我的菜，所以我一直想跟妳聊聊。」

聽到林子凡這麼說，我忽然紅了臉，「這種時候了還說這個！你們的目標是誰？」

「嗯……妳是目標的目標喔。」林子凡說出了毛骨悚然的事實，「我們的目標是傅冰冰。」

「她的目標不是我男友嗎？為什麼是我？」

「妳先看看這個。那天開妳的筆電我的確是要查詢過往的新聞，但另一個目的是要查找妳的相片。」他拿出口袋裡的手機，點開了雲端後，一個寫著傅冰冰的資料夾，再進去後有眾多資料夾，其中一個寫著「戀雪音」，這讓我有些驚訝。

「這是什麼？」

「我那天時間很多，所以把妳的相片上傳到了雲端當作證據。」

「你這是非法的吧！」

「嚴格說起來是，但我也沒要拿來使用，況且交給警察前只要妳同意了，那就不是非法。」林子凡說得一派輕鬆，接著把照片放大。

「瞧，看見了嗎？」

那張照片是我和張啟程在咖啡廳請店員幫忙拍的合照，那是一家我們前年開始很常去的咖啡廳，但後來我們感情淡了，便再也沒去過。

但從這照片我才發現，在櫃檯後面的店員居然是傅冰冰。

「怎麼會！我從來沒有發現她是店員！」但我馬上想到，去到咖啡廳我總是先找位置，由張啟程過去點餐。「所以他們是這樣認識的？」

「沒錯，但是一開始是傅冰冰積極又熱情地勾引張啟程。」林子凡注意到我不屑的表情，連忙澄清，「當然我不是要幫張啟程說話，但這一切都是傅冰冰的詭計。」

根據他們調查到的內容，傅冰冰擁有強烈的依賴與依附人格，另外可能也有些自戀與妄想，總之沒有正確的學名，但肯定精神不太正常。

她總是會用自己的方式認為與某人戀愛了，但通常某人都是有伴侶的，所以他們是一段隱密又淒美的地下戀情。而為了讓某人與自己毫無懸念的在一起，她會先設法讓某人身邊的伴侶消失。她的方式，就是勾引伴侶。

而因為傅冰冰長相漂亮、身材火辣，加上她很懂怎麼讓男人對自己傾心，於是幾乎沒有勾引不了的伴侶。而無論某人有沒有發現傅冰冰的存在，伴侶最後的選擇通常只有幾種，看是要回到某人身邊選擇分手，或是選擇傅冰冰而與某人分手。

「吸引男人？難道傅冰冰……」

「是呀，她傾心的那些某人都是女人。我們調查過，她從小家裡只有爸爸和兩個哥哥，感情不是太好，所以她一直渴望有溫柔的女性可以出現在她的成長過程，或許也是因為這樣，導致了現在的偏差。」

「所以她的如意算盤就是我跟張啟程分手後，她來到我身邊？別說伴侶了，她用小三的方式出現，我連朋友都不會跟她做。」

「妳不能去想像她內心建構的世界與關係。」林了凡只是聳聳肩。

「那……這些和新聞有什麼關係？」忽然一個恐怖的聯想讓我倒抽一口氣，

「難道……」

林子凡無奈地點頭，「沒錯。無論伴侶選擇的結果是什麼，除非兩邊都分得乾脆也不會再找上某人，這樣就會沒事。否則最後傅冰冰都會殺掉那些男人。」

「你的意思是……張啟程也是……？」這下子我真的要嚇慘了，我不過是談個戀愛而已，怎麼就會遇上殺人魔？

「是，但一直以來，我們都沒有證據。」林子凡嘆氣。

他們家的偵探社是受其中一個某人所委託，某人在與男友分手後，就受到傅冰冰的跟蹤與騷擾，於是她才想請人調查傅冰冰的底細，殊不知發現傅冰冰就是男友的小三。

某人覺得太奇怪了，請偵探社繼續調查。最後在因緣際會之下，他們找到了另一個某人，發現兩人的遭遇相像到太詭異，於是他們找出了更多的某人，綜合所有某人的線索與遭遇，拼湊出了大概的作案模式。

但一部分的某人因為好不容易脫離傅冰冰的關注，所以不想再攪和。而另一部分的人則不想參與危險的事情。只剩少數的某人想查出真相，於是一直與偵探社攜手合作。

「為什麼不報警就好？」

「因為害怕啊。」林子凡說得理所當然，「報警以後呢？難道就會被關著不出來了嗎？還有就是證據呢？物證很重要啊！沒人想被報復，所以我理解眾多某人不敢採取行動的理由，大家都只是想好好過日子啊。」

不可否認，傅冰冰不過才幾天這樣的恐怖行為我就要受不了了，何況那些不知道經歷過多久的女生呢？

好不容易才擺脫她，要是因為多事而又引起她的注意，那可得不償失。

「但我好奇，那些女人是怎麼擺脫傅冰冰的？」

「每個人的理由都不一樣，有些人說是在外面打了哈欠、有人說是有天走路剔牙，也有人是說換了香水。總之，每個人都不同，但更多人不知道是做對了什麼，所以傅冰冰才失去興趣。」林子凡皺眉。

「但是她們怎麼知道的？」

「有些人會收到傅冰冰的訊息，告訴她們她有多失望，她們會做這種事情。」

林子凡說完後哈了聲，「我猜，或許是傅冰冰對於傾心的某人都有一種完美的設想，只要那個『完美』的點被破壞了，某人對她就失去了吸引力。」

「變態還有堅持。」我忍不住吐槽。

「通常就是有堅持的才是變態啊。」林子凡倒是一竿子打翻一船人。

「那你現在可以告訴我那一天到底發生什麼事情了嗎？傅冰冰那邊甚至有我們走出張啟程家的影片耶。」

「真的假的，她怎麼沒有用影片威脅妳跟她交往？」

「她只威脅我要加聯絡方式而已。」

「那看來她還不夠聰明啊。」林子凡還有空開玩笑。

根據他的說法，那天晚上我們在喝了酒以後，就說要去張啟程家報復一下，讓帥氣逼人的林子凡假裝是我的新男友，去給張啟程一點下馬威。告訴他不是只有他可以搞小三，我也可以搞小王。

於是我們兩個就勾肩搭背的一起到張啟程家。他知道傅冰冰的新目標是我，與我回去也是賭一個可能，看會不會傅冰冰正好瞧見了他與我的接觸，因而把目標轉到林子凡身上。

如果這樣的話，那林子凡就更好搜集證據了。

「結果沒想到我們抵達張啟程家的時候，地上已經都是血了。」

終究是晚了一步，傅冰冰已經殺掉張啟程了，林子凡還在考慮是不是要報警，還是要趁此機會一網打盡傅冰冰。

但此刻壓根沒有進去房間內，只是站在玄關的我因為喝醉想要嘔吐，所以他連忙帶著我離開房間，但血液蔓延到玄關，所以我們的鞋子才沾到了血。

最後就是，我被帶到公園後大吐特吐，把我們的衣服都弄髒了。

「我本來是想要洗的，但後來上網查了一下，妳那套衣服不貴也還有在賣，我的衣服也可以淘汰，那乾脆就丟掉算了，比洗還要簡單。」林子凡聳肩，說他還將衣服包在垃圾袋裡頭，拿到地下室垃圾場丟棄了。

「我雖然同意你說清洗很麻煩，不過就這樣丟掉別人的衣服也太隨性了吧。」

「現在是吐槽這種事情的時候嗎？」林子凡感到不可思議。

「也是。我認為都到這種地步了，就直接去報警了吧。我可不想再被她糾纏。」

「或是，妳也可以假裝跟她交往，套出更多的線索，像是問她凶器藏在哪之類的。她的凶器一直都是同一把刀子，或許就放在她家廚房。」

「你怎麼會知道是同一把？如果真的放在廚房，你怎麼不去她家找？」

「因為我們看過警察沒對外公開的紀錄報告，喔，這當然我們是有辦法偷看的，不過是商業機密。」林子凡對我眨眼，「至於她家的話，我們曾經闖入一次過，搜索到一半時就被通風報信說她回來了。」林子凡抓頭，「況且我們也只是假設凶器她藏在家裡，沒有搜索票拿到的證據都不會被承認，所以我們如果進去找到的任何東西意義都不大，要是反而被警察抓了留下案底，那就得不償失，最後便放棄了。」

林子凡說得有道理，我雖然也想獨善其身，但另一方面渺小的正義感又蠢蠢欲動，覺得此刻我們離真相這麼靠近了，只要我願意合作的話，那或許……這次真的可以把她繩之以法。

至少可以幫張啟程討一個公道，雖然他劈腿了傷我很深，也曾經在我內心閃過死亡是他的報應這種負面心態。但說實話，生命是很沉重且珍貴的，他對我的傷害不足以讓他用生命來賠償。

況且嚴格說起來，傅冰冰的目標是我，就算今天張啟程沒有被傅冰冰勾引，她應該也會傷害他。

「好吧，那我就當誘餌吧。」所以我這麼說。

「真的？」林子凡很驚訝。

「對，不管怎樣，我也得為張啟程討個公道。況且傅冰冰這種殺人魔，也沒有留在社會的必要……」

「妳這個女人……」一個猙獰的聲音從後方傳出。

我的血液彷彿凝結，心臟幾乎就要瞬間停止，我回過頭，只見傅冰冰張牙舞爪地朝我奔了過來，她面容猙獰，張大嘴似乎在辱罵我。

她雙手朝我撲來，這都只是一瞬間的事情，我只感覺到重心往後，林子凡在一旁大叫，伸手要抓住我，但是他們兩個卻離我越來越遠。

失重感。

啊，我被推下來了。

我要死了。

這是我腦中閃過的意識，瞬間，我這二十七年的人生在我眼前快速掠過，我的眼睛盈出淚水。

怎麼會這樣？我就要這樣死了嗎？

太可笑了吧，我還有很多事情想做啊！

只見傅冰冰站在露台邊的女兒牆，她的手與頭都掛在女兒牆外，看著墜落的我，她臉上有著憤恨與懊悔，然後大叫嚎哭。

而一旁的林子凡想出手救我，但已經來不及了，他驚恐地瞪大眼睛，而我則絕望地閉上眼睛，接受我的命運。

希望，不會太痛啊。

明明我的公司只在十樓，墜落下來的速度很快，照理來說時間應該只有瞬間。可是我覺得好漫長，長到我可以看完我的一生，長到我還看到了奇怪的東西。

我看見全身穿著黑色衣服的林子凡站在一個房間，看那房內的布置，應該是個青少女的房間。

因為牆壁上有男團偶像的海報，其中幾個是當紅藝人，但我怎麼不知道他們有組團？而另一旁的書櫃放著許多參考書和課本，書桌上甚至放著幾本小說。

我很訝異自己能看得這麼清楚，但更訝異那些字我完全看不懂，不是屬於任何一個國家的字體。

而黑衣的林子凡站在房間中央盯著我，神奇的是，我讀不出他的表情。

他是有表情的，但是我讀不出來，我越想認知到他是笑著或是嚴肅著時，就讓我的認知更加混亂。

而我看見林子凡的身邊有另一個女人，她也穿著全身黑，高領的長袖黑衣，還有蓋到腳踝的黑色長裙，搭配她的黑色長髮。

她，長得跟我一模一樣。

她也盯著我看，還嘆了一口氣，然後站到了林子凡身邊。

他們兩個並肩看著我，接著林子凡拿出了一個黑色本子，他張口說了些什麼，但我聽不到。

那個「我」也回應了他，同樣的，我也聽不到。

不知道為什麼，我瞬間有種感覺，那裡，不是我的世界。

然後那個畫面便消失了。

等我再次張開眼睛，是躺在醫院的病床上。瞬間我以為來到天堂，直到聽見一旁的護理師大喊著：「病患醒了！」

我才意識到，原來我沒死。

✷

「妳真的是狗屎運，剛好隔壁大樓販賣床墊的賣場在搬家，又剛好他們的車子違停在你們大樓前，又剛好搬運工人失誤，綁好的床全部四散，然後妳就這樣妥妥地掉在床上。」林子凡一邊削著水果，一邊細數這些事情，「但即便這樣，妳也有可能會死，可不知道是角度還怎樣的，反正妳是輕傷，只是還要住院觀察。」

「這真的是輕傷嗎？我覺得全身骨頭都要散了。」我連說話都覺得有些疼痛，好在還能吃蘋果。

「妳是從十樓掉下來，沒有骨折已經是三生有幸了！」林子凡不可置信地大叫，「我真的以為妳要死了。」

見到他認真的表情，我也扯了微笑。

「謝謝你，我很感動。」

林子凡意識到剛才的失態，露出不自在的笑容，接著繼續說，「但也多虧如此，才能以現行犯逮捕傅冰冰，進而去搜索她家，找到了凶器啊。」簡直就是因禍得福。

「話雖如此，但我也不希望是用妳的死亡換來。」林子凡嘆氣，然後把削好的小塊蘋果放到我嘴邊，「我還沒跟妳好好約會呢。」

「啊？」就在我驚訝張嘴時，他將蘋果丟到我嘴中，「你、你說什麼……」

「我說啊，等妳出院了，我們去約會吧。」林子凡的語氣就像是去吃飯一樣……呃，不過應該也真的會吃飯。

「我們認識才沒幾天，結果發生了好多事情。」我感嘆地說。

「是啊，我們這叫做共赴生死吧。」

「死的部分只有我在執行。」我大笑。

「但是生的部分我們可以一起執行。」沒想到林子凡這樣還能接我的話。

但是這句話，卻在此刻狠狠地打動了我。

「好啊，我們去約會吧。」我說，眼眶裡帶著淚水。

林子凡一聽，露出了笑容。

「啊，那是什麼花？」我這時候才注意到櫃子旁的花瓶裡插滿了好幾束花，每束的花色都不同，紅、白、紫、藍、綠、黃等，但都是同種類的花。

「那是風信子。」林子凡也看了眼，「它的花語是重生。」

「嗯，很適合現在的我呢。」我說。

「妳有喜歡什麼花嗎？」林子凡問。

「以前沒有，但現在有了。」我摸上了風信子，「就是這個吧。」

「呵。」林子凡一笑。「我去裝點水進來吧。」

當他離開病房時，我看著電視上的新聞，正播報著傅冰冰的新聞。

畫面上出現了歷年來傅冰冰手下的受害者照片，而我看見了張啟程。

瞬間我掉下了眼淚，在他提出分手的當下我是恨的，甚至聽到他的死訊我也一直無感。

要是和一個人分手代表從此不相往來，那其實活不活著都是一樣的……我曾經是這麼認為。

但此刻我意識到，這個世界上再也沒有張啟程這個人，他從我生命中永遠消失、也從這個世界上永遠消失。

落下的眼淚逐漸變成了大哭，無論怎麼樣，我都不希望他死掉。

如果真的有另外一個世界，我希望他會在那邊好好地活著。

遠離我、遠離傅冰冰，好好地活著。

空氣中傳來了清香，我看了一旁的風信子。

我走過鬼門關前一遭，我會珍惜這個重生的機會。

我沒有死。
我還活著。
我重生了。

Chapter.03

意志

故事的最開始，是這樣的。

人都說恐懼來自於未知。

從遠古的歷史中有眾多例子，例如以往的人們不懂日蝕、月蝕之類的自然現象，所以會認為是天狗食日或食月，總認為是不祥的徵兆，因此造成了許多悲劇。

即便現在的科技發達、醫學進步，但人類依舊有無法涉足的地方，在這些地方我們因為未知，所以有了許多想像，甚至產生了恐懼。

例如，死亡。

雖然有些自稱有靈能力的人會說，死後的世界就跟生前的世界相同，一樣吃飯睡覺洗澡賺錢，差別只在於生或死罷了。

也有另一派的人表示，死後就是化為無，什麼都沒有也什麼都不剩，沒有天堂地獄也沒有靈魂。

然而世間總是有各種沒有被洗乾淨前世記憶的人出現，也有許多在鬼門關前走一遭的人形容死後世界等，讓我們更傾向相信，真的有死後世界。

這樣想，似乎也就比較不會害怕與孤寂了。

為什麼我會講到這個？

因為我的眼前站了一位黑衣男子，他看起來很帥，嗯，我從沒見過這麼帥的男人。

但是他的臉也很白，不是白皮膚那種白，但也不是慘白那種白，很難形容，一眼就可以知道他不是活人，但卻不會令人害怕的那種白，這樣懂嗎？

這是一個再平常也不過的夜晚，我寫完功課後躺到床上還看了一會兒書，關燈前還膜拜了一下牆上的偶像團體海報，接著才躺平。

眼睛習慣了黑暗後，我可以從電源開關的微光與窗簾外透進的路燈，清楚地看見房間裡各個角落。

就是在這時候，我發現書桌前的椅子上憑空出現一個男人。

有趣的是，我並沒有害怕的感覺，或許是因為對方實在太俊美了吧，加上他的身邊似乎隱約地透出一點光暈。

他沒有注意到我看得見他，只是皺著眉頭翻閱著手上的書，那上面寫有我看不懂的文字，然後他喃喃說著：「怪了，怎麼年紀不對？」

然後他又翻了幾頁，「真奇怪……我有走錯嗎？」

接著他站起身，往書櫃的方向走去，我以為他要拿書，結果他直直走去，我差點就驚呼他會撞上，可是他穿了過去，就這樣消失在我的房間。

「是鬼嗎……？」我從床上坐起來，我第一次看到鬼，而且一點也不可怕耶！

一邊覺得自己好勇敢，一邊想著明天一定要告訴傅冰冰。

但就在這個瞬間，他的頭忽然又出現在書櫃中，再來是他的肩膀，接著整個人晃出，「真奇怪……」他唸著，然後發現我坐在床上一愣，「怎麼醒了？」

當他說完這句，馬上發現我與他四目相對，他大吃一驚，連忙往後一跳，我還以為他會跳回書櫃裡頭，但他只是些微貼在書櫃上，然後慢慢跨出腳步，像是螃蟹一樣往旁邊移動。

他確定了我的眼神跟著他轉，才驚訝地立刻又翻了翻那本書，然後抬頭看著我，可是不是在看我，像是在看我頭頂上一般。

「戀雪音沒錯啊……」

「什麼寫不一樣？什麼意思？你是誰？為什麼來我房間？」我一連串地問。

他眼睛瞪得更大了，「不只看得見我，還聽得見？妳有陰陽眼？不對啊，有陰陽眼也不見得會看見我啊。」

「所以你真的是鬼囉？哇！為什麼鬼會來我房間？你手上拿那個是什麼書？」我好驚奇，果然電視演的都是假的，鬼一點都不可怕，還好帥！

「什麼鬼，我才不是鬼。」他強烈反駁，然後扶額嘆氣，「既然妳都看見我了，那表示妳命不久矣。」

「啊？」

「但是簿子上明明寫今天……可是妳年紀不對啊。但妳又看得見我……真是奇怪，難道同名同姓？」他聳聳肩膀，一屁股坐上了我的椅子，然後翹起修長的腿。

「什麼、什麼意思？你說我會死？」我大叫。

「人終將一死，只是早晚問題。」

他一臉正經地在講什麼廢話？

「你是說我就快死了嗎？」我緊張地再次確定。「現在立刻馬上？」

「妳太大聲了。」他勾起奇怪的笑容，這時候我聽見走廊傳來了腳步聲，碰地一聲，門被打開了。

「小雪，妳怎麼還沒睡？在跟誰講話？」媽媽皺著眉頭開了門，而黑衣男子依舊好整以暇地坐在椅子上，甚至還把手枕到後腦杓。

眼見媽媽根本沒瞧見他，現下我也不好說那邊有個人，況且他剛才還講了讓我很在意的話，所以我立刻搖頭，「我只是作惡夢，要繼續睡了。」

「惡夢？還好嗎？要我陪妳嗎？」媽媽再次確認，而我搖搖頭。

「沒事啦，媽媽晚安。」

媽媽雖有點猶豫，但關上了房門。而我再次看著眼前的男子。

「你剛才說的是什麼意思？我今天會死？」這次我不忘壓低聲音，還看了一下時間，剛過十二點，所以表示我在未來的二十四小時內會死？

「就是字面上的意思。」他站起身，「我是死神，見到我的人離死亡都不遠了，雖然妳比較奇怪，簿子和時間不一樣……不過偶爾就是會有這種事情發生。」

「我什麼時候會死？怎麼死的？我不想死耶！我才十三歲，怎麼能死掉！」我嚇得都哭出來了。

「我不能透露太多。」死神先生只是聳肩，對我的眼淚沒有絲毫憐憫。

「嗚嗚你就告訴我啊！看我有沒有那個命可以避開。說不定我能看見你就是因為上天讓我有機會避開死亡。」我眼淚也是不斷掉，他有些為難地翻了下簿子，然後又搖頭。

「反正我不能亂講，這很麻煩的。就這樣啦～」然後他蓋上簿子，轉頭就溜，消失在我的房間之中。

留下一個震撼彈和徹夜未眠的我。

隔天當我到了學校，濃厚的黑眼圈讓傅冰冰追問我是不是為了今天的小考所以徹夜念書。

「天啊！我居然忘記要小考了！」

「騙人！不然妳這個三秒就入睡的怎麼會有黑眼圈？」傅冰冰不相信，還伸手搔我的癢，要我老實從寬、抗拒從嚴。

「我真的忘記要考試了，我昨天在煩惱一件事情。」我左右張望，確定沒人在偷聽後才說，「我昨天看見死神了，不對，應該要說今天。」

「啊？」傅冰冰滿臉問號，「妳說拿鐮刀披黑色斗篷的那種？」

「是死神沒錯，但不是長那樣。可是一樣穿黑色衣服褲子，還有就是很帥，嘴角還有顆痣，臉色蒼白。」我補充。

「十字路口的美少年？」傅冰冰精闢地用恐怖漫畫裡頭的形象形容了那個男子，我彈指大讚。

「沒錯！就有點像那樣，可是沒有那麼恐怖，是帥的那種。」

「十字路口的美少年也很帥呀。」她陶醉地說。

「那是因為妳喜歡恐怖靈異的風格，我不喜歡啊！他說他是死神又說我快死耶，太可怕了吧！」

「我覺得他一定不是死神啦！只是無聊經過的鬼，反正妳又不覺得害怕，而且他又很帥的話就算了吧。」結果傅冰冰兩手一攤，語出驚人，這讓我大傻眼。

「妳真的是世間難得有的奇葩。」我忍不住慢速度鼓掌，每一掌都真誠不已。

「我怎麼感覺好像是被嘲諷一樣？」傅冰冰雙手交疊，皺著眉並搖頭，「不過假如妳真的覺得心裡怪怪的，去廟裡拜拜拿一張符就好啦。」

「妳說的這個也行，不然去一下好了。」於是我和傅冰冰約定放學後去廟裡拜拜求籤，順便問問看廟公我是不是被鬼纏上。

上課的時候我都在想，明明小時候算命過，那時候老師說我會長命百歲，還說了什麼我的意志永不消失，我差點以為自己要變成偉人了。可是昨天那位死神先生怎麼會說我今天就會死呢？

要嘛就是以前的算命師是騙子，要嘛就是死神先生是騙子。

那還是希望死神先生是騙子好了。

於是一整天我的心都不在學校與課本上，雖然平常就這樣了，但今天更不專心。

我和傅冰冰鐘聲一響，馬上就拿起書包往外衝去，跑到一半我才想到連去哪都不知道。

「我們要去哪一間廟？」

「去夜市前面的媽祖廟啊，還可以順便逛夜市！」傅冰冰的如意算盤打得真精明，但我也同意。

傳了訊息告訴各自的爸媽後，我們便前往了廟宇。

「我的肚子忽然好痛，我去上廁所，妳先去拜。」一進去廟宇，傅冰冰就鬧肚子，所以我只得一個人依照牆上的指示先拜天公爐，然後是正殿的主要神明媽祖，先與祂講完自己的煩惱後，再來是左龕與右龕，接著是偏殿。

我一輪下來都拜完了，傅冰冰還沒回來。

回到正殿與媽祖娘娘再次詢問，就剛才的煩惱求籤，結果居然是上上籤，拿著籤詩排隊等待師姐解籤，這時候傅冰冰才揉著肚子從廁所過來。

「不知道吃到什麼，拉了一大堆耶。」

「不用這麼詳細，謝謝。」我感謝她的好意。

終於輪到我們解籤，結果師姐說一切都是杞人憂天，傅冰冰說：「還好沒事！」

這也讓我鬆一口氣，正準備謝過師姐時，她卻有些為難地補充，「但這最後還有一句，天機不可洩漏。這個就無法解釋了，畢竟……」

「天機不可洩漏啊～」傅冰冰一臉神秘地補上，讓我有點想翻白眼。

離開廟宇後，我們一邊逛著夜市一邊吃地瓜球，看著手上的護身符，我總覺得沒什麼真實感。

「欸，妳真的相信我所說的嗎？」

「妳說遇鬼的事嗎？我當然相信啊。只要是妳說的話我什麼都信。」但這下換傅冰冰歪頭道。

「那關於他說我今天就會死掉這件事情……」

傅冰冰看了一下手錶，「現在已經七點了，如果妳今天會死掉的話，那只剩下五個小時。」

「我不相信！」我大叫著。

「我也不相信啊！因為那個帥鬼只是要整妳吧。而且說實在的我們才國中生，死掉什麼的離我們也太遠了吧～」傅冰冰說得輕鬆，見她如此，也讓我釋然許多。

「是呀，我也這麼覺得。」我看著護身符，相信會保護我的。

於是我將這件事情拋諸腦後，逛完夜市後帶著愉快的心情回家，但就在我一切就緒，準備要睡覺的時候，忽然又看見那個男生站在我的床邊。

「哇勒！」我叫了一聲，那個男生則皺眉。

「妳今天去告狀了？」他開口就這麼問，我趕緊把床頭燈打開。

「什麼告狀？」

「說死神告訴妳死期將至。」

「啊？」我聽不懂，但是他看起來十分不爽。

「妳是不是去跟媽祖娘娘告狀，說有死神預告妳的死期？」

「什麼？我是有去拜拜沒錯，但是我沒有告狀……」說到這裡我才想起自己的護身符，趕緊從枕頭下拿出護身符來然後往他身上一丟，「嘿！」

結果沒想到他不閃不躲，眼見那護身符就這樣穿過他的身體，他還回頭看了掉落在後方的護身符，然後不可思議地轉頭看著我，「妳丟我？」

「欸，對，嗯，我不小心的。」沒想到居然沒用，我只能乾笑，以免他大暴怒。

「不小心？妳還嘿的一聲，跟我說妳不小心？根本就是故意的啊！妳想害我灰飛煙滅？」

「護身符有這麼強大的功能可以讓鬼灰飛煙滅喔？」

「其實沒辦法，但多少有點作用。」他還認真回答我。

「那對你怎麼好像完全沒有傷害？」

「我是死神，有一個『神』字，我和媽祖娘娘算是同事妳懂嗎？只是她位階很高這樣……傻眼，妳怎麼會想到要去告狀？」

「我不是告狀，我只是去求平安，我可是見鬼耶……當然要求平安。」

「我就說我不是鬼，是死神。」他再次扶額搖頭，「我根本沒有預告妳的死亡時間，我只是說看見我表示命不久矣。」

「你明明說我今天會死！」我倒抽一口氣，趕緊看了一下時間，現在是十一點，「天啊！難道你現在是來跟我索命的？」

「所以說我最討厭跟人類的小孩溝通，根本有理講不清。不對，有理講不清不分年齡，之前遇過的老人也是有夠歡。」他碎唸著，右手憑空出現了那個本子，又在那邊翻閱著，而我見他沒有防備，立刻跳了過去，想伸手搶過那本簿子。

「哇！」結果我整個人穿過了他，直接往後面摔去，跌個狗吃屎。

「妳白痴嗎？剛才護身符都穿過我了，妳以為妳可以拿到我手中的東西？」

「不試試看怎麼知道？」我揉著肩膀吃痛說著。

「勇氣可嘉。」他翻了白眼。「總之託妳的福，所以我又被指派過來要洗去妳的記憶，還有確定妳的時辰。」

「什、什麼？洗去我的記憶？為什麼！」我立刻從地板上站起來。

「誰教妳要去告狀。」他兩手一攤，好像很無奈一樣。

「我又沒有告狀！我是去拜拜求平安而已。吼，媽祖娘娘很愛告狀耶！」

「妳講話謹慎一點喔！」他警告著，然後伸手朝我走來。

「哇哇哇！」我緊張地大叫，想要把爸媽叫來，可是從剛才到現在我發出的聲音可不小，客廳看電視的爸媽卻都沒有過來查看，這不對勁呀！

「只要我願意，妳無論發生什麼事情，外面都聽不到的。」他像是看透了我的想法。

「鬼、鬼啊！」我大叫！

「是死神！神！」他似乎很介意「鬼」這個字。

就這樣，我只能毫無招架之力地看著他的大手慢慢逼近，接著覆蓋在我的額頭，遮住了我的眼睛，五指抓住了我的頭。

「奸詐！我碰不到你，你卻碰得到我。」我做最後的抗議。

「這也沒辦法，畢竟我是神啊～」他語氣輕快地說，然後我只感覺到頭很暈，接著就沒然後了。

✷

「小雪，妳怎麼睡在地下？」我睜開眼睛，只見媽媽站在我旁邊，而我立刻從地上坐起來，左右張望了一會兒。

「欸？我也不知道。」我茫然地看著自己居然躺在床腳邊的地上，整個腰痠背痛的。

「妳該不會是掉下床吧？」媽媽回頭看了一下床與我位置的距離，「要怎麼睡才會掉到這裡？」

「我也不知道，唉唷，今天這樣應該沒辦法上課了。」我裝模作樣地按壓著自己的肩膀和腿。

「想得美，快點準備去上課了。」媽媽用力拍了一下我的人腿，我唉叫了一聲後只能起來。

在鏡子前刷牙時，總感覺自己好像忘記什麼事情，但實在是想不起來。

當我回到房間準備換衣服的時候，發現地上居然有一個陌生的護身符。

這讓我有點疑惑，怎麼會有這個東西？

「小雪，快一點，再不出門就要遲到了。」媽媽又在外頭唸，我趕緊換好衣服，把那護身符放到了制服的口袋內。

✷

「妳看，妳還活著吧。」傅冰冰拿著早餐奶茶來到我座位前。

「當然活著，少不吉利了。」我翻了白眼。

傅冰冰看起來有點疑惑，「對了，所以效果怎麼樣？」

「什麼東西？」

「就是護身符啊。話說回來，我覺得我昨天一定是放學前還在喝早餐沒喝完的奶茶才會拉肚子，所以我現在要一口氣喝完！」

我皺起眉頭，「妳在講什麼？」

「就是昨天我不是一進去廟裡就拉肚子？那是因為我在最後一堂課把早餐沒喝完的奶茶喝完，難怪肚子痛啊！所以我現在要全部喝掉，不然等等又拉肚子。」

「昨天？廟？妳在講什麼，我怎麼聽不懂？」我歪頭，敢情傅冰冰是時空錯亂了嗎？

「啊？妳才在講什麼勒！」
「我昨天下課就回家了，我們哪有去什麼廟。」
「戀雪音，妳不要嚇我耶，妳該不會昨天撞到頭失憶了吧？我們昨天一起去拜拜妳忘記了？」傅冰冰說完還伸手摸了我的額頭。
「妳才不要嚇我，我們哪個人跳到平行時空了嗎？」我也伸手摸了她的額頭。
「妳才平行時空勒。」傅冰冰把昨天的一切告訴我，讓我越聽越糊塗。
「我說看見死神妳也信喔？」
「妳說是死神，但我說只是鬼。不對，這不是重點。重點是妳這一切都忘記了？」傅冰冰再次確認，「妳還說那個鬼長得很帥耶，嘴角邊還有一顆痣！」
「見過帥哥我怎麼可能會忘記。」我趕緊澄清，「但好奇怪，妳說的這一些我完全沒印象，就好像這一個記憶消失了一樣……」
「會不會是他……唉喔！」傅冰冰放在桌上的奶茶被她的手肘推到，一個不小心翻倒在我的桌上，我趕緊從口袋要找衛生紙，卻發現了早上不經意帶出的護身符。

「還好沒有全部打翻……欸？那不就是我們昨天求的護身符嗎？」傅冰冰用自己的衛生紙擦過了桌面，發現我正看著護身符發呆。

「這就是……我們求的？」

「欸，妳是真的忘記嗎？但是這護身符就是鐵證了對吧？所以我們誰也不是從平行時空來的。」傅冰冰繼續喝著奶茶，「這樣只有一種可能，就是那位死神消除了妳的記憶。」

「為什麼要消除我的記憶？」

「誰知道，天機不可洩漏吧。」傅冰冰聳肩，然後像是忽然想到什麼一樣，「啊！昨天妳還有求籤呀，籤詩應該在妳的皮包裡面，妳找找看。」

我趕緊翻找我的錢包，還真的有那張籤詩。

「我的天啊，還真的有這種事情啊！」我簡直不敢相信。

「他一定不知道妳有告訴我，所以沒有來消除我的記憶。也因為這樣我才有辦法告訴妳。」傅冰冰手摸下巴沉思著，「但他何必要多此一舉，為什麼不是妳看到他的當下就消除，昨天晚上還跑去消除？」

「我現在是失憶人，妳問我我也不知道。」我兩手一攤，擺爛。

傅冰冰摸著下巴，一邊皺眉一邊思考，像是推理專家一般地說：「根據我的推理，他原本覺得不需要消除妳的記憶是因為，就算妳去亂講，也不會有人相信。但是沒想到我卻相信了，所以他才去消除妳的記憶。」

「那這樣就如同妳剛才說的，他怎麼沒有連妳的記憶一起消除？消除我的，妳再跟我講的話那不就沒有意義了，做白工。」

「還是他覺得妳不會相信我？」

「我無條件相信妳。」我趕緊雙手舉高以示清白，這題要是不好好回答，友情可是要出現裂痕啦。

「那這個推理就不成立，駁回。」傅冰冰自己打槍，「第二個可能就是，我們昨天去拜拜這件事情。」

「又跟拜拜有什麼關係了？」

「我原本想說他是鬼，他隨便亂講話所以我們拜拜告訴媽祖娘娘，娘娘去收了他。但他昨天還完好無缺地去消除妳的記憶，那他可能真的就是死神。」

「怎麼推理成這樣的？」

「死神也是神啊，他這樣就跟媽祖娘娘是同事，然後同事告訴他有人類說看見他了，然後媽祖娘娘神階應該超高的吧？所以死神被主管罵了……不過陰間和陽間的神應該隸屬不同公司吧？這樣還有主管問題嗎？」

「妳要這麼說，死神也不屬於東方的概念，東方應該要是牛頭馬面閻羅王吧。」

「說得也是……算了啦，現在是地球村，所以他們也都中西方混合為一了啦！」傅冰冰擺擺手，有夠不負責任的推理，「總之就是，因為我們去拜拜的關係，所以妳被消除記憶。」

「但又回到一樣的問題，我們一起去拜拜，為什麼只消除我不消除妳？」

傅冰冰眼睛轉來轉去，忽然靈光一現大叫一聲，「因為我去拉肚子！妳忘記了？」

「我是真的忘記了。」

「對齁，差點忘記妳是真的忘記。」她還俏皮地打了一下自己的額頭並且吐舌。

「搞笑嗎？」

「哈哈哈。」傅冰冰大笑，又喝了一口奶茶，「因為我們沒有一起拜拜，我去拉肚子了，等到妳去排隊解籤我才出現，所以媽祖娘娘不知道妳有朋友一起，就是這麼簡單。」

「聽起來很有道理。」我咬著唇，「那妳記得死神說我什麼時候死掉嗎？」

「妳原本說是昨天，但是妳今天還活著啊，所以沒事了，詛咒解除～萬歲。」

傅冰冰說得輕鬆。

「但這種感覺好怪，很像我度過了人生的大劫，但卻沒有半點記憶。」

「這種事情也不用記得啦～」傅冰冰搖頭，然後走到我旁邊，忽然一屁股坐到我的大腿上，然後勾住我的肩膀，「而且都說好了我們以後要一起環遊世界、住養老院耶。」

「住養老院也不便宜耶，我那天才查過，一年花快百萬耶！」

「所以我們要努力賺錢啊！沒有小孩和老公的話，存個百萬不是問題啦～」

傅冰冰講話真是沒有邏輯又對自己超有自信，但聽起來又很有道理。

「不過我還看到報導說，如果人老了沒有後代，即便在養老院，護理人員也可能不會太善待妳，因為沒有活著又年輕力壯的人為妳爭取權利啊！畢竟死人不會吵，活人才會吵。」

「拜託，就算有小孩的人，也不見得老了小孩會理他們，這種事情還是要看命運啦～」傅冰冰正向又樂天，真的是聊天的好夥伴呢。

「好的，說不過妳，那我們就一起活到住養老院吧。」

「讚！早就該說這句話了。」傅冰冰從我腿上跳下來，然後甩了甩她的短髮。

「那請問老了要覺得年付百萬很便宜的話，以後需要做什麼工作呢？」我誠心發問。

「不知道。」結果傅冰冰說得理所當然。

「不知道？」我大驚。

「我現在的夢想是當空姐呀，但誰知道真的出社會的時候會不會改變。」傅冰冰聳肩，但我已經想像她穿上空姐制服的模樣。

「那妳的夢想呢？」她反問我。

「哪知道，說不定死神晚上又出現，說他昨天忘了收我。這樣我就要死了，講夢想也沒有用。」我開玩笑地說著，傅冰冰卻捏了我一下。「好痛耶！」

「人因有夢想而偉大呀！說不定死神會因為妳有遠大的夢想而放過妳喔。」

「是嗎？那我要當總統，領導台灣往更好的方向發展，讓人民安居樂業，零犯罪率還有世界和平！」

「妳知道零犯罪率其實更代表社會淪陷嗎？表示所有的事情都被掩蓋過去，

這更可怕喔，連政府都變成幫兇……」

「欸欸，我沒有要跟妳聊這個！」我立刻阻止傅冰冰說下去。

「好啦，正經一點，還是把這件事情告訴妳父母呢？」

「為什麼要告訴父母？」不是都解決了嗎？

「妳沒聽過鬼故事都是這樣的嗎？以為事情解決，結果鬼又出現了，主角只能找父母求救，然後父母剛好在老家都會有什麼與世隔絕的厲害靈媒，然後就會幫忙處理掉。」

「我倒覺得妳是鬼故事聽太多了，我們老家就在這裡，也沒認識什麼靈媒。」

「呿。」傅冰冰哼了聲，「反正，我是覺得妳不會有事啦，別擔心。」

「謝謝，我感覺好多了。」我好奇問：「妳覺得如果我真的忽然死掉了，會是什麼死法？」

傅冰冰認真思考，「因為妳很健康又年輕，所以排除忽然暴斃之類的死亡因素。再來最有可能的就是意外了，所以待在家裡最安全。」

「說不定有強盜闖進家裡呀，我覺得這種時候還是要待在人多的地方最安全。」根據眾多恐怖電影的套路來看，落單就是危險。

「有道理。」傅冰冰贊同，「那晚上在家，妳也一定要跟父母待在一起，最好睡覺也一起。」

「但總不能每天這樣吧。」

「我不就說妳一定沒事了嗎！」傅冰冰跟我豎起大拇指。「但如果妳真的不小心死了，一定也是那個帥哥來接妳，到時候記得要罵他幾句。」

「聽起來亂不吉利的，但我一定會記得要罵他幾句。」

我們兩個相視後大笑，這一整段對話看似沒有營養與建設性，但卻是我每天最快樂的時光。

鐘聲響起，傅冰冰趕緊回到自己的位置上去。

我一邊心不在焉地想像著老了以後和傅冰冰一起在養老院的畫面，大概也是會這樣每天講垃圾話吧。

但是另一邊卻有點擔心著，會不會我根本也活不到老呢？
希望這輩子，都不要再見到那個「死神」了。

✷

但是當我夜晚睡到一半時，卻被一個聲音叫醒。
「起來，喂，起來。」
那聲音不算溫柔，但也沒有粗魯，這句聽起來很像廢話，但確實就是這樣。
這個聲音很陌生，一開始還以為自己在作夢。
但當我睜開眼睛時，看見一個穿著黑衣服的男人就站在我面前。
「妳總算醒了。」他不耐地說，然後轉身走到我書桌前的椅子坐下。
「咦？咦咦？」我坐了起來，東張西望著。
是啊，是我的房間。

然後我捏了一下自己的臉。

沒錯啊，不是作夢。

然後我看著眼前的帥哥，嗯，黑色的頭髮、眼珠、合身的一套黑，還有那嘴角的痣。

「你是死神？」

他很驚訝，「妳沒有失去記憶？」

我在內心暗暗驚呼，居然真的有死神，而且我不過早上隨便講講，沒想到他晚上還真的又出現了。

出現做什麼？是要來帶走我的嗎？

明明應該是很可怕的事情，但我卻一點都不害怕，這是為什麼？

「我有失去記憶，但是我的朋友把一切都告訴我了。」

死神聽得瞠目結舌，用手拍了自己的額頭，「我怎麼沒想到妳會跟朋友一起去拜拜呢？但媽祖娘娘也太大意了吧，就算分開拜拜，也都在一間廟裡，她怎麼會沒發現。」

「哇！所以我朋友還推理對了啊，真的是媽祖娘娘去跟你說！你們是同事呀。」我好奇地問。

但死神只是白眼看我，「看來無論有沒有失去記憶，妳的個性都一樣白目。難道妳都不會怕嗎？」

「怕什麼？」我歪頭。

「一般人類看到死神都會害怕。」他有些好奇，「還是因為妳年紀太輕了，所以不懂得死亡？」

「我十三歲了，也不是什麼年輕小朋友了，我當然懂死亡。」這下子換我皺眉，「只是你不是告訴我是昨天死掉嗎？今天都快過了，你又出現做什麼？」

「妳怎麼用這種語氣跟我說話啊，帶點尊敬神明的恐懼感可以嗎？」他不滿地咋舌，一手還不斷揮舞著。

「尊敬怎麼會恐懼呢？這詞意是相反的吧？」

「錯了，人就是因為恐懼才會尊敬。」死神堅持，「算了，反正不管有沒有讓妳消除記憶都已經沒差了。」接著他再次揮手，我看見一塊發亮的方形物體從他手中出現，接著慢慢飄浮到我面前。

那看起來像是拼圖的形狀，直直往我眉心來，我以為會是冰的，但毫無溫度，甚至沒有感覺，那發亮的拼圖就這樣進入我的腦裡頭。

瞬間，那被洗去的記憶就這樣回來了，補足了我昨天的空白。

「天啊，好神奇！」我大叫著，「是因為傅冰冰把事情都告訴我了，所以才沒有洗去我記憶的必要嗎？」

「不是，」死神難得看起來有點難開口，「因為妳就要死了。」

我愣住。

「啊？」

＊

死神說，他的名字叫做林子凡。

「原來神也有名字喔。」

「這不是廢話嗎？」林子凡白眼，但很快意識到自己不該對我如此無禮，畢竟我可是受害者。

對，受害者。

以下，就是死神告訴我的一切，嚴格說起來，他並不是用「說」的，而是像放拼圖一樣，放了一個小小的發亮圓形物體到我的腦中，讓我瞬間了解了一切。

我們所在的世界有好幾個，簡單說起來就是平行世界。

也就是說我現在所處的這個世界，有另外一個一模一樣的世界。但雖說是一模一樣，還是會有部分的不同。

例如，另外一個世界一樣有個戀雪音、也有一個傅冰冰，但是年紀會不一樣、個性也會不一樣，更甚至兩人的關係也會不同。

但是，長相會一樣，緣分也會相似。

人與人的緣分無論好壞，都是緣分。如果在我的世界和傅冰冰是一輩子的好朋友，那這個緣分很深，在其他的世界即便不是朋友，也可能是姐妹、伴侶，或一樣是好朋友。更甚至，也有可能是會有影響到彼此人生的敵人。

又或是，在我的世界夏天才有西瓜，嗯，雖然現在的技術水果已經幾乎可以不分季節了，但這個撇掉不談。可是在Ａ世界，西瓜是冬天的水果；在Ｂ世界，西瓜除了紅色與黃色外，還有藍色。大概就是這種不算很大，但卻能明顯發現的不同吧。

另外還有一個顛覆我過往想法的，是關於時間這件事情。

我一直以為時間是條直線，我是走在線上的人。我正在走的地方，稱為現在。我走過的地方，叫做過去。而我正前往且尚未走到的部分，是未來。

沒錯，這很廢話，因為我一直都覺得這是理所當然的事情。

但是時間實質上是沒有「過去」與「未來」的，時間是人類所創造出來的詞句，反而限縮了人類探索世界與宇宙的想像。

時間，是「正在發生的」，所有的一切，可以說是同時發生。就像是七歲的我跟十三歲的我，其實是走在平行線上的。

依照我的思維很難理解，我甚至無法理解。但是當林子凡用他的思考方式傳遞給我後，我才發現這就很像是地動說。

過往的人認為地球是宇宙的中心，所有一切的星體都是繞著地球轉。但我們現在都知道，地球是繞著太陽公轉並自轉。

而在更早以前，甚至還有地球地平說，這些說法在現今我們看來都很荒唐，甚至覺得愚蠢。但是那個時代的人，反而無法理解自轉與公轉的概念。

所以對於時間的概念，我們現在就處於那個時候。或許在更久更久以後的未來，他們想起我們此刻的不理解，也會一笑置之，覺得實在愚蠢。

嗯，不過林子凡說，「未來」與「現在」是在平行線上的，也就是說這件事情已經在「未來」發生了。

至於他為什麼會跟我說這些呢？

大概就是出於愧疚的一種解釋吧。

「雖然人類有眾多平行世界，每個世界的人口構成是一模一樣，重要的科技發展也是一樣。但還是會有些許的小小不同，所以如果有人不小心進入到平行世界的其一，雖然不能說是馬上發現，但至少平均一天就會發現身處的世界有所不同。」

「……啊？所以電視演的是真的？真的有人會跑到另外一個世界？」

「是啊，不然妳以為坊間很多關於『看見另一個長得很像自己的人』這種傳聞是哪來的？就是另一個世界的自己跑來這裡罷了。」

「我以為是看見另一個自己就會死耶！」

「那只是你們穿鑿附會。像是某個世界傳聞是說看見另一個自己會發財。」

「哇，他們的傳聞真樂觀。」我稱讚著。

「……妳也很樂觀。」林子凡嘆氣，「但是，平行世界中的信仰都是一樣的。」

我點點頭。

「也就是說，什麼媽祖、觀世音、基督、撒旦、玉皇大帝、聖母瑪利亞、阿拉真神等等，這些信仰都是一致的。人類的平行世界有好幾個，但是神靈的世界只有一個。」林子凡見我不解，又補充道：「妳就想像妳有很多間娃娃屋，裡面也有許多娃娃，而這些娃娃有生命，會自己生活，妳就在外面看著他們。大概人類的世界與神靈就是這種模式。」

「所以我們就是神的玩具！」

「也不是這樣說，我們也是很努力工作。況且因為神只有一個世界，我們的業務繁忙得要死。」他抗議著。

「所以你一個死神要收所有世界的靈魂嗎？」我反問。

「也不是，死神剛好比較特別，有很多死神，每個死神負責不同世界。」

「那你抱怨什麼工作繁忙啊！」

「我們上面有一個大死神，他負責分配我們每個神的區域世界，基本上大多時候我們都在跑外勤，沒有待在辦公室，所以辦公室的辦公桌算是共用的，東西都亂堆成一團，雖然還是會盡量放在自己的區塊啦……但就是因為這樣子，我才會匆忙之下拿錯了工作簿。」

他眼神有點飄移，小心翼翼地說。

這也就是我最無言的地方。

簡單說起來，他拿錯了生死簿。另外一個世界的戀雪音本該墜樓身亡，但因為他拿錯了簿子，所以負責那個世界的死神在那個時間並沒有去接她。

於是那個世界的戀雪音活下來了。

而我，則是林子凡拿錯簿子來到房間的那一刻起，我的命運就跟那個世界的戀雪音交換了。

「平行世界不能互相干擾，這是我的過錯，現在也不能再去收回那個戀雪音的命，因為她的死劫已過。」

「所以就變成我要死掉。」這實在荒唐到我都要笑了，「我要客訴，你們有客訴的地方嗎？死神廟？不對，死神是西方的，怎麼可能有廟？欸，對啊，你們是西方的耶，為什麼要搶我們牛頭馬面的工作？」

「現代的信仰幾乎是大雜燴了，你們遇鬼會去東方廟宇，但是想到死亡有人會想到牛頭馬面的腳鐐，有人會想到死神黑斗篷與鐮刀，所以根據每個人的想像不同，有些人會見到牛頭馬面，有些人會見到死神。」

「可惡啊！怪我看了太多西洋東西，我的確是想到死神！如果是我們家的牛頭馬面絕對不會犯這種低級錯誤！」

「少囉嗦！東方人奴性強，工作能力也強，牛頭馬面幾乎沒有在休息也沒有個人生活的！當我們西方死神罷工好幾次提高我們的福利時，牛頭馬面們連我們的業績都搶去收了。」

「這沒什麼好自豪的，我一併客訴！」我認真思索著，不用找死神廟也沒關係，就直接再去找媽祖娘娘就好！讓東方神知道他們西方神辦事不力，出大包，糗死他們！

「妳也不用這麼麻煩，我們大死神已經知道了。」他嘆氣。

「啊？那所以呢？我這樣就不用死了吧，這是你們業務過失耶！」

「妳一個十三歲的女孩怎麼會懂這麼多？」

「我是不知道其他世界是怎樣，但我們這裡十五歲就成年了，十三歲本就是小大人了！」我雙手扠腰，講得頭頭是道。

「啊……是啊，這裡的世界是這樣。」他拿出了簿子翻閱一下確認，「但我很遺憾告訴妳，沒辦法，每個平行世界的戀雪音都有她的死期，這是不能更動的絕對。那個世界的戀雪音不小心活了下來，現今也不能隨便再取走她的命運，因為她的簿子時辰已經更改了。」

「少來！那為什麼我的時辰就能隨便改？正常應該是活著的比該死的還要優先才對吧！」

「改變時辰是很嚴重又繁瑣的問題，這次意外後，妳與那個世界的戀雪音的命運已經完全對調了。」

他說那個世界的戀雪音被跟蹤狂推下樓致死後，她的人生就到此結束。

但我的人生，會是在之後考上好的學校、與帥氣的男人相識後相戀，然後步入禮堂生了三個可愛的孩子，一輩子幸福快樂地活到九十三歲，然後和丈夫在睡夢中壽終正寢的那種最棒死法。

這麼完美的開外掛人生，居然被一個白痴死神給對調給了另一個女人。

於是，我的人生從此刻就消失了，沒有未來也沒有以後。

這瞬間，我忽然感覺到絕望。

「……那個世界的戀雪音是幾歲死掉？」

「二十七。」

「那我才十三歲耶，也讓我活到二十七歲，她的年齡後再死去吧！」我抗議著。

「妳忘了嗎？所有時間都是共存於現在，過去、未來、現在，都是在平行線上。所有的事情都是同時發生，妳已經比她多活兩天了。」

「不公平，哪有這種事情！」我大哭起來，「爸爸、媽媽，救命啊！有人要殺我！媽祖娘娘、觀世音娘娘！救命啊，司法迫害啊！！」

我瘋狂地大叫著，但是沒有任何回應。

我知道自己又在屬於林子凡的死神空間裡頭了，叫天天不應、叫地地不靈。

「妳這個狀況是我們神明的疏忽，為此辦公室還重新翻新了，我們現在每個死神都有專屬辦公桌，這樣子再也不會拿錯簿子了。」

「是啊！恭喜你啊！用我的命換來的！」我叫喊著，「我不要死啦！我不要死！我還有很多事情要做，我還沒談戀愛啊！也沒有工作過，我想工作……不對，我不想工作啊！」

「其實妳已經死了。」

「啊？」我愣住，「什麼時候？」

「就在妳見到我的瞬間，我就已經帶走妳了。」

我驚慌地回過頭，發現自己的身體還躺在床上。

「你、你這個……你這個王八蛋，你……」

「放心吧，妳所想念的人很快也都會來到這世界。我不是說了，這個世界和你們生者的世界是一樣的，而且亡者每個月還有開放登記到平行世界去參觀導覽唷，妳可以去看看其他世界的戀雪音，很棒吧！人生是從死亡後才開始的，會讓妳大開眼界喔！」

他口沫橫飛地跟我推薦著，但我只想大罵他王八蛋。

不過，好像真的有點吸引人。

「我是不是做什麼都無力改變了？」忽然我平靜下來。

「嗯……是的，我很抱歉。」

「死亡一點都不痛呢……」我悶悶地說著，

「就如同我說的，人生是死亡後才開始。其實死亡都不痛，痛的都是活著的時候，以墜樓的戀雪音來說，她在墜落的瞬間靈魂就會被死神帶走，完全不會感受到墜地的疼痛。不過自殺的靈魂例外就是了。」林子凡輕鬆地說。

「……我不能跟父母道別嗎？」

「不需要道別，他們很快就會來見妳了。」林子凡很不解，「我不是說了，人生是死亡後才開始。妳到了陰間後，很快就會喜歡那裡的生活，一晃眼妳父母的時辰也就到了。」

「但是在他們時辰沒到還活著的這段時間，他們會很痛苦啊！」

「是沒錯，所以我不是說了，痛的都是活著的時候。」林子凡看了一下手錶，他居然還有手錶？「時間快到了，我們得離開這裡了。」

「我還不想走。」我看著床上的自己，這一切都好不真實，我就這樣死了？莫名其妙的死了？

明天和意外不知道哪個先到，我還真的是完全體驗了這句話。

「能好好活著的話，沒有人會想死的，但是死後的世界才是真正的開始，人生在世都只是修行。」

「你明明是西方神，講的話卻很東方。」我瞪著他。

「實話沒有在分東西方的。只有活著會體驗到生離死別與生老病死，活著會有慾望、會嫉妒、會憎恨。妳沒有抓到我的重點，痛的都是活著的時候。」

「我當然知道。但是也有活著才能感受到的，像是愛、滿足、幸福、豐富等，不是嗎？」

林子凡聽了後只是一笑，「那些，死後也感受得到。」

「你一直告訴我死後的世界多美好，但你還是剝奪了我活著感受痛苦的權利不是嗎？你說我會有三個小孩，但我死了，那三個孩子不也沒辦法出生了？」

「……會用別種方式讓他們誕生，也會讓他們擁有原本該擁有的。」

「那我的丈夫呢？」

「他也會遇到其他真愛，總之，我們會安排，但那就不是我的業務了。」他聳肩。

「好不公平。」

「人生本來就沒有公平。不過……這確實是我的疏失，所以我們這裡當然也有一些補償要給妳。」

「什麼補償都抵不過我的生命。」我哼了聲，但總感覺自己已經沒那麼生氣了，確切來說，我的「情緒」似乎正逐漸委靡中。「我問一下，你說痛的都是活著的時候，這句話的意思該不會是，陰間只有快樂？」

「可以這麼說。」

「但如果陰間跟陽間的生活都是一樣的話，那為什麼會沒有痛的情緒呢？」

我又問。

「因為死後會受到神的恩寵、或是佛的庇佑，怎樣的說法都好。死後，『釋然』的情緒會放到最大，只要釋然了，就沒有痛了。」

「所以我現在的情緒就是釋然啊……」我摸著自己的胸口，輕輕地說。「那，我的補償是什麼。」

「根據妳原本能活到九十三歲的壽命還有八十年，以二十年為單位換作一個願望，我們會給妳四個願望，只要不違反天庭紀律，都會無條件實現。」

「哇！這聽起來很好耶。」我簡直就要拍手了，「什麼願望都可以？」

「不違反天庭紀律就行。」

「我怎麼知道天庭紀律有哪些。」

「例如要死神死掉這種就不行。」看來林子凡還是會害怕我的報復，這讓我忍不住莞爾。

「好吧，第一個願望就是……」

「妳這麼快就想好了？」他挑眉。

「是啊，有什麼好猶豫的。我第一個願望就是，死神永遠不會再犯這樣的錯誤了。」

「……保證不會。」

「那第二個願望就是，我下輩子的人生衣食無缺、無病無痛、壽終正寢且死得舒適、家庭幸福美滿，還要活得比這一世還要幸福很多。」

「……沒問題。」他承諾，「第三個呢？」

或許是因為我的釋然逐漸放大，私慾幾乎全部消失，我逐漸浮現了另一種願望。

「嗯，在我許願以前，我有幾個問題想問。」

「問吧。」

「你說不同死神負責不同的世界，那死神都跟你長得一樣嗎？」

「這是什麼問題？」

「因為聽說每間寺廟都有神明的分靈體駐守，分靈體畢竟是神明分靈出來的，所以我想應該也算是同一個神。但你剛剛說你們有很多死神，又有大死神，所以感覺比較像是一個部門，然後有很多員工這樣。」

「妳的理解沒有錯，我們的世界其實和人間差不多。」

「所以我就好奇說，是不是每個死神都叫林子凡，然後跟你長得一樣呢？」

林子凡冷眼，似乎在思考要不要說。

「我都被你害死了，你還想隱瞞我事情啊。」

「……妳真是很會威脅……好吧，每個世界都有一個林子凡沒錯，長相也跟我一樣。只是在這個世界我是死神，在別的世界可能是人類，在這個世界我跟妳是死神與受害者的關係，但是其他的世界，我跟妳可能是朋友、同學、戀人、敵人。」

「哇！那你在這個世界是死神，會接觸很多人。在其他世界是要怎麼跟全世界的人有關係？」

「或許會是知名企業家或是演藝人員吧，反正就是能登上世界舞台的那種。」

「那你的意思是說，我現在在電視上看到的名人，都有可能是其他平行世界的死神囉？」

「妳很會舉一反三啊。」

「嗯，要不是死了，我一定可以考上台大的。」

「妳可不可以不要一直提起我的錯誤啊。」

「不，我要提，到死都要提。不對，死了以後也會繼續提。」

林子凡又再次翻了白眼，「等妳真的到了那以後，就不會有這些問題了。快點許願吧。」

「嗯……我有多少時間可以許願？」

「盡量快吧。」

「我能不能許願前，先去陰間看看？」

「這倒無所謂，但我想說不定妳到那後就沒有願望了。」

「為什麼？」

「因為妳會釋然。」

他手一揮，瞬間我眼前的房間往後抽離，變得像是一個小點一樣。

我活在世界十三年，離開時卻如此乾脆，就好像只是登出遊戲一樣，沒有遺憾與留念。

或許正是因為釋然，才能如此放手吧。

然而當我被林子凡帶領到一片光的領域之中，靈魂在其中飛翔著，忽然所有的記憶碎片逐漸回到我的腦中。

那是這個靈魂在好幾世不斷輪迴、投胎的所有陽間記憶，還有每一次登出人生後，來到陰間生活的所有記憶。

「每個靈魂在陰間都有屬於自己的家，妳可以想像是玩遊戲一樣，靈魂是主體，但當靈魂登錄陽間這個遊戲時，有屬於要扮演的角色，遊戲破關以後，就會回到這個本體。」

林子凡帶我到了一棟兩層木造屋面前，而我的眼淚就掉了下來。

我回家了。

這瞬間我才明白，為什麼林子凡會一直說人生從死亡才開始，因為人生階段只是一段旅程，而靈魂才是主體的核心。

在正常狀況下，靈魂是不滅的存在，它乘載著永恆的記憶、生命、羈絆，每個靈魂或多或少經過累世的投胎，都與許多靈魂有過關係、羈絆、愛恨情仇等。然而那些世俗的情感會在回歸成純粹靈魂後全部釋然。

「妳還有願望嗎？」

我看著眼前的房子，看著周遭的一切。

如此熟悉、如此平靜。

我的心毫無雜念，也毫無貪念。

「有。」

「沒想到妳還會有願望。」林子凡很驚訝。

「但我的願望不是為了自己。」因為我已經沒有了私慾。

「那是什麼？」

「雖然你說，人生不過是一個短暫的旅程，那些痛在死後回歸靈魂都不是痛，全部都只是為了靈魂的昇華，但是每個人在走那段旅程，也是流血流淚、坑坑巴巴的，正是因為身而為人無法釋然，所以才會有許多痛苦的事情。」

「妳說得沒錯，但這和妳的願望有什麼關係呢？」

「我希望……每個人都有機會可以改變，有機會可以願望成真。」

「我不可能給每個人一個願望。」林子凡斷然拒絕。「況且妳是情況特殊，我們有了疏失才讓妳有願望的。」

「當然不是每個人，我也不是要你們無條件給，就當作是以物易物的概念呢？」

「……說來聽聽。」

「像是你所說的那樣，有緣分的人才能許願，但不是無條件核准，而是拿取這個人的某件東西當作回饋呢？」

林子凡思索一下，似乎認為這種可行，「不然妳寫個企劃案好了，我再往上呈報。」

要不是我現在是靈魂狀態，累世的記憶都存在著，我真的是想踢他，叫一個十三歲的寫企劃案？

「那第四個願望呢？」

「如果第三個願望實現了，我再告訴你第四個願望吧。」

「好。」林子凡又看了一下手錶，「那我明天再來跟妳拿企劃案。」

「知道了。」我擺擺手。

林子凡離開後，我久違地踏入了自己的家，說久違，但是在靈魂感知上好像沒有這麼久，好像我不過就只是出門旅行幾天罷了一樣。

客廳的遊戲進度都還在上次投胎前的紀錄，於是我開啟遊戲繼續玩，順便上網下單去體驗人生旅程時新出的遊戲。

遊戲玩到一個段落後，我到廚房煮了碗泡麵，還大口喝著可樂。

然後我才打開電腦，準備寫好企劃案。

我思考了一下，要怎麼寫才能比較引人入勝呢？同時，又能讓死神們獲得好處，但人類也得要有機會改變才行。

想來想去，我寫上了「販賣所」三個字。

「設立販賣所，可以販賣各種情緒、商品、能力等。

一間販賣所販賣的東西可以擁有全部品項，也可以採專門販賣所方式，獨立販賣不同品項，這樣也能鎖定目標明確的客人，更能有效銷售。

例如有人想發財，那就設立『發財販賣所』，只要對方找對了方法進入存在於陰陽兩界的發財販賣所，那可以根據販賣所的規則與客人收取報酬，像是事成以後繳回多少的錢財。

不過我覺得錢財這種事情太膚淺了，我們的販賣所應該要更稀奇一點，可以求真正改變命運的願望。

例如戀愛販賣所，和命中本與自己無緣的對象共結連理，報酬可以是時限只有三年，但客人可以在這三年拚命努力，讓這段緣分延續。

諸如此類的，可以更細緻、也可以更刁鑽。

人類的煩惱不外乎感情、健康、人際、事業、家庭、金錢。從這些去延伸發展出各種販賣所，從人類身上拿取更多有利神靈界的數據或事物，同時也給人類多一點改變命運的可能，是雙向的互贏。」

寫完這些簡單的前言後，我想了好幾種販賣所，當我閉上眼睛，彷彿就能看見那些販賣所成形的模樣。

忽然，我認為這件事情彷彿已經成真了。

在世界的每個角落，都有一間妳所需要的販賣所，販賣著妳朝思暮想的事物。

「上級同意了。」

就在我把檔案交給林子凡，過了一天後他給我這樣的回應。

「真的假的！」我簡直不敢相信，大聲歡呼。「那有哪一些販賣所？」

「我們交給人類決定。」

「什麼意思？」

「我們從現在開始，會植入一種記憶到人類腦中，讓他們或多或少似乎聽過關於販賣所的傳聞，至於是哪一種販賣所，會根據他們的想法去發明的。」林子凡說道，而我想起他歸還我記憶時的發亮光體，或許就是用那種方式植入吧。

「謝謝你們。」

「不過有個問題。」林子凡點著下巴，「販賣所需要管理人，由於我是提案者，所以我當作負責人這點沒問題。」

「提案的是我好嗎！」我皺眉，「等一下，所以你現在不是死神的意思嗎？你變成販賣所負責人？CEO 概念？」

「就是這樣，嘿嘿，沒想到因禍得福啊。」林子凡只差沒有手舞足蹈了。

「等等，為什麼？那我的功勞呢？」

「妳是許願人，要什麼功勞。妳的功勞就是接下來好幾世的輪迴都會是壽終正寢的人生勝利組了。」

「好吧。」這個條件我接受。

「但有件事得商量，關於管理者，我想請妳來擔任。」

「不是說我再來都是人生勝利組嗎？我才不要當免費勞工。」

「這也算是跟妳的交換條件，妳留下一點靈魂碎片，我們會加工把它複製成好幾個妳，但因為是碎片關係，所以每塊碎片的碎片記憶與個性都會不同，甚至會情感淡薄。不過，勉強也算個生命體。」

「聽起來好糟糕。」我皺眉，「留下碎片的話，我的靈魂還完整嗎？」

「當然完整，妳就想像靈魂也會脫皮，我只是拿走了妳脫皮的部分去提煉。」

林子凡看起來很興奮，這還是第一次在他的臉上看見這種充滿活力的表情。

「但拿走我一個靈魂碎片，我是說，這樣只有一個個體嗎？她要怎麼同時管理那麼多販賣所？」

「就像是神靈的分靈體概念，會有一個最主要的母體碎片，其他的碎片都是她的分支。」

聽聞後我點點頭，「嗯嗯，反正只要人們可以獲得一個逆天的機會改變自身命運就好。」

「我就喜歡跟釋然的靈魂對話！」林子凡快樂極了。「那妳第四個願望可以許了吧？」

「我在死亡前叫做戀雪音，所以我會希望我上一世的同族人，也就是姓戀的所有人，當他們有所需要時，都能無條件進入所需的販賣所。」我認真說著，這算是對我那無緣的一世最好的回報了，應該是吧。

「好，妳還真念舊。」林子凡聳聳肩，接著他伸手在我額頭一點，一塊非常非常小的發光體就這樣落在他的食指上。

「這是我靈魂的皮屑嗎？」

「可以算是。」

下一秒，那個發光體卻變成了一個漂亮的女人。

她有著黑色的長髮，水汪汪的大眼睛，白皙的肌膚，高挺的鼻子與小巧的臉蛋。但她看起來沒什麼表情，像是洋娃娃一般站著而已。

然而，我卻覺得有點眼熟，我才意識到那是身為戀雪音時期的我，若是我能平安長大的話，就會是她那個模樣。

「這也算是我們的一種補償，管理人的真實模樣都會是妳的樣子。」

這瞬間我忽然想到，身為戀雪音時所聽見的，關於算命師的話。

我的意志不死，會流傳下去。

原來是這種形態啊！

「問一下，算命師是不是真的可以直達天聽？」

「某些特別有緣的或許有機會，但不多。」林子凡疑惑，「怎麼這麼問？」

「因為我忽然想到，以前當戀雪音的時候，有個算命師算到了我的命運。」

「是哪個？我去看一下他是不是偷偷逃脫工作到人間打混的神靈。」

「居然還有這種事情？」

「什麼事情都有。」

「也是，連死神拿錯平行世界的生死簿這件事情都會發生了。」

「我已經贖罪完畢了喔。」林子凡趕緊澄清。「對了，上面還說了，讓妳取一個販賣所的名字。」

「我不是提案有寫了嗎？」

「妳取的名字也太俗氣了吧！什麼發財販賣所，玄壇真君看見妳的提案還很生氣說妳抄襲他的發財金耶。」

「我哪有啦！我只是舉例。」真是冤枉。

「所以妳認真想一個吧，一個當作母體的販賣所，也是妳這位母體碎片所要待的地方。」

我看著眼前的「我」，她勾上了清淺的笑容，或許是因為她只是一點點碎片，所以擁有的感情更加淡薄。

「那麼就……如果吧。」

「如果？」

我點點頭。

如果我沒有死、如果這一切沒有發生，那就不會有販賣所的出現。

如果是一個充滿希望的字句，我們一生當中都會不斷地幻想著「如果」，在未來，所有人類求著想進入販賣所實現願望時，也是求一個如果。

「如果販賣所。」我定睛地看著她，「妳就叫做如果吧。」

忽然，她原先有些混濁的瞳仁變得清澈了，就像是注入了生命與活力一樣，她失焦的雙眼對焦在我的身上，接著說：「謝謝妳。」

就連聲音，也和戀雪音一模一樣呢。

但是，她不是我。

不過，我也不是戀雪音了。

她是如果，代表著過去、現在、未來的，那個如果。

Chapter.04

如果

她說，我就做「如果」。

我所待著的地方是「如果販賣所」。

我最初的記憶，就是當我睜開眼睛，看見了他。

他的嘴角有顆痣，眼睫毛很長，濃密又長的頭髮有些微捲，中分的髮型很搭配他的臉型。

然後，她就站在他的身邊。

她似乎很訝異我的外貌，我盯著她看，可是我沒有任何想法、也沒有任何情緒。

忽然在某個瞬間，我的心窩處傳來了些些的熱度，原來是她賜予了我名字，叫做如果。

然後他就把我帶離開了她的家，透過他與我的對話，加上他賦予給我的智慧，我很快理解了這一切。

我是要來實現人們的願望，但還是要索取適當的報酬，而這些搜集到的報酬每個月上交給林子凡，也就是他的名字，我的負責人。

同時，我也可以聽見人類的願望。

每當人類許願的時候，總是離不開幾個詞，「希望」與「如果」。

「希望我這次成績可以考好，如果考好的話，我一定會更加努力。」

「希望他可以更愛我，如果他跟我分手的話，我會死的。」

「希望這本書可以賣很好，因為如果賣很好的話，那我就可以繼續堅持下去。」

諸如此類的。

於是我只要掌握這兩個關鍵字，然後去挑選合適的販賣所產生，接著再提交企劃給林子凡，由他去生成暗示的碎片後，進入人類的潛意識。

當新核准的販賣所成立時，我便會再用我的靈魂碎片去生成新的靈魂，讓模一樣的我去管理那間販賣所。

但或許是因為我本身就已經是靈魂的皮屑碎片了，由碎片再生成的碎片，那是多小的一個靈魂呀。

所以那些販賣所的管理者們，似乎感受不到我與她們是不同的存在，甚至認為我也只是同事。

這讓我覺得有些寂寞，因為在這裡，我只有那些我了。

「她們沒辦法意識到妳們本是同個靈魂，甚至連妳們的外貌一模一樣都沒有發現，那或許妳得換個方向思考。」一個月才會見到一次面的林子凡來到我的房間，他翻閱著我的報告，同時也聽著我的煩惱。

「我該怎麼想？」

「妳不妨就當作都是同事，不需要跟她們解釋販賣所的由來，也不需要告訴她們妳的身分和我的存在。妳們就是一間公司裡的各個部門，這樣子會不會輕鬆多了？」

「……」

「還有什麼問題嗎？」他將我的企劃書收起。

「她們可以跟每個許願的人類說話，但是我不一樣，『如果販賣所』是為了其他眾多的販賣所而存在的，沒有人類會來到我這，除了每個月和你見一次面，沒有人能和我說話！」我抗議。

「……」林子凡有些驚訝望著我。「妳也會寂寞？」

「當然！我雖然只是戀雪音的靈魂皮屑碎片，但我也是有思想、有感情的靈魂，我也會覺得寂寞和孤單。」

所有販賣所的店長都能夠自己決定販賣所要如何呈現給人類看的樣貌，甚至還能透過進來的人類改變，但是我沒有，我的空間，就是戀雪音的房間。

她曾經的房間，還停留在她十三歲的房間。

牆壁上有著男團海報，床單是淡粉色的，就連書櫃上面也都是一些國中生的參考書、課本等等，這裡沒有一樣東西是屬於我的，沒有一樣東西是我有興趣的。

「妳可以改變這裡的布置啊。」林子凡說得輕鬆。

「我難道沒有想過嗎？但是沒辦法啊！」我再次想像我想要的空間，但沒有，什麼也沒有。

我想像不出來，因為我根本不知道我對什麼有興趣。

我雖是戀雪音的靈魂碎片，但我並不是戀雪音，除了外表，我和她毫無關連，甚至興趣、喜好等一切都不同，但具體說，到底她是什麼樣的興趣喜好呢？我也不了解。

因為我就像是金絲雀一樣關在這裡。

「既然妳們是同事，都一樣要面對上級主管，那每個月開會一次也很合理吧？」

「你說什麼？」

「妳說了寂寞，那就多和其他人聊聊天吧。選擇販賣所的機制也可以換一下，不要一間販賣所誕生了以後才創造一個靈魂管理者，而是累積了五間左右販賣所，再一次創造五個靈魂，讓她們自己挑選呢？」

「……這樣有什麼不同嗎？」

「有啊，這樣妳就會比較忙，比較忙就不會胡思亂想了。」林子凡微笑著，「再來就是，要是某間販賣所已經好長一段時間沒有人類進入的話，那就可以回收那個販賣所與靈魂，這樣如何呢？」

「回收……那店長不就死了嗎？」

聽了以後林子凡哈哈大笑，「她們本來就是妳的靈魂分離出去的，何來死亡之說？更何況妳現在也不是『生』啊。」

他說得有理，但感覺很怪。

生命的意義是什麼？不就是有意識的存在嗎？

即便她們只是我靈魂的分靈，但她們還是有了自己的意識與生活，這樣她們就是獨立的存在不是嗎？

「不是喔。那只是假象。」林子凡聳肩，「算了，這些也不需要跟妳解釋太多，不能理解也是自然。」

「……還是你能多點時間過來？至少陪我說話？」

「……我考慮考慮。」林子凡說完後，就朝書櫃的方向走去，然後消失在我的房間。

應該說是戀雪音的房間。

我蜷縮在床上，思考著這一切。但無論怎麼想，我都無法想透。這或許是因為我的靈魂不夠完整。

我，也是戀雪音的靈魂分出來的，所以對林子凡而言，我是否也不是個「生命」呢？

我見過他對戀雪音的微笑，但那抹微笑從來沒有出現在我的面前。

他跟戀雪音過往是什麼關係，我一點也不清楚，從前沒有在意過，現在卻好奇了起來。

在他眼中，跟戀雪音長得一模一樣的我，是怎麼樣的存在呢？

我會對其他店主有所憐憫，不也是她們的狀況就跟我一樣嗎？是被分離出來的。

如果我否定了她們的生命，那不也就否定了我自己嗎？

這麼想著，我的眼淚就滑落了。那淚水閃閃發亮，變成了美麗的寶石。

原來靈魂的碎片，也是會落淚的。

＊

「真希望有一場美麗的戀情，如果我的初戀能開花結果到最後就好了。」

一個人類的願望忽然就衝進了我的腦袋，我睜開眼睛，從床上坐了起來。

「如果他不能愛我，那就也不要愛上其他人吧，我希望能獨占他的一切。」

下一個願望又衝了上來。

愛……愛呀。

在這麼多人類的願望之中，愛是最常被提到的存在。

但是愛究竟是什麼？

這些願望有些令人發毛，有些則無私到讓人動容，有些卻又純粹如靈魂最初。

愛有什麼能量，可以讓人類痴迷到瘋狂？又能讓人類有差異如此大的想法？

我來到書桌前，拿出桌面上的販賣所筆記本，上頭寫著目前擁有的一些販賣所。

我已經設立了愛情販賣所，但不知道為什麼還是有很多關於求愛的願望衝進我腦中。

為什麼他們不進入愛情販賣所呢？

還有，我也創立了友情販賣所，但依然有很多人會求人際關係。

為什麼？

我篤定販賣所已經植入每個人類的心中，但是為什麼他們不進去？

販賣所又不會挑人。

忽然之間，一種前所未有的感覺出現在我心底，讓我有種想拋下一切大吼的衝動。

於是，我將所有販賣所回收，並也收回了許多碎片分身。

即便完整了我，我也依舊還是戀雪音的碎片。

少了她，我永遠都不會完整。

但就算有了她，我也不過是微乎其微的一個碎片。

日復一日，夜復一夜。

即便這裡沒有日夜與時間流逝的概念，但我仍然覺得自己渾渾噩噩地度過了一段好長的時間，直到林子凡在下個月出現。

「妳都一直躺在這裡？」他露出些微不悅的表情，「其他販賣所妳都收掉了？靈魂也回收了？」

「嗯，你說她們不是生命。」我淡淡地說，「我一直在想，我總感覺缺失了什麼，是不是因為我不是完整的靈魂，所以才會如此淡薄？我已經是破碎的靈魂，卻又分離出了其他靈魂，這樣我不就更加破碎嗎？」

「……」他盯著我看，而我從床上起身。

「你看這個地方，不是屬於我的空間，這間房間所有的物品都是戀雪音的，我不知道自己喜歡什麼、不知道自己要什麼！就算我聽得到人類的聲音那又如何？就算我創造了許多的販賣所，但依舊滿足不了人類的願望。」

林子凡似乎很訝異我的崩潰，同時我也訝異自己有崩潰的情緒。

「好多了嗎？」他問。

「沒有那麼快就會好的吧。」我些些喘氣，「但好像真的好多了。」

「人只要死了，並且到了陰間後，就會感受到『釋然』，我忽略了這裡並不是陰間。妳是從人類的靈魂中誕生的，或多或少會擁有人類的情感，雖不多，但還是有。這是我的疏失。」林子凡乾脆地道歉，但我不是要他的道歉。

可是，我的感受卻好多了。

「我要怎麼排遣自己的寂寞與空虛？」我沮喪地拉開了抽屜，裡頭擺放著一束我用流淚而結晶的寶石所黏貼的花束。

顆顆寶石代表著花瓣，黏在了一起，像朵朵花球一般，變成了花束。

「妳知道這是什麼花嗎？」

我搖頭，我只是在記憶裡頭，似乎有著這種花朵的印象，所以做了出來。

「這是風信子。」林子凡很訝異，「但這是另一個世界的戀雪音才知道的花，妳是從這個世界的戀雪音靈魂組出來的，怎麼會……等等，如果我沒記錯的話……」林子凡掏出了一本簿子，這簿子和過往我所見過的黑色很不同，是金色的模樣。

「啊，果然沒錯，因為是員工新進注意事項，所以根本沒仔細看過。」

我聽不明白他在說什麼，但林子凡解釋著，他在百年前任職死神的第一天，大死神交給了他們員工新進手冊，說實在的認真看過的死神沒幾個，最後就是收著長灰塵。

但當時瞄過一眼的記憶還是多少有些，再次翻閱後才確認，那就寫在第一行。

平行世界雖然眾多，雖然每個人在另一個世界的個性、生活都會不太一樣，

但是他們的長相是一樣的，他們的靈魂也是同一個。

「這是什麼意思？」

「意思就是說，靈魂獨一無二，卻能分靈。」

靈魂就像是片充滿能量的海水，而這些海水能裝到不同的容器之中，可海水還是海水，海水在外蒸發、昇華後，最終又會化作雨水回到海裡。

所以人類擁有的既視感，有時候是來自靈魂深遠卻又共同的記憶，過往的某個時刻、某個平行世界的自己真的做過這些事情。

「那這跟我的狀況有什麼關係？」

「意思就是，即便妳是海水中的一小滴水，也是海水，妳的靈魂並不會被稀釋，相反的妳還跟其他靈魂不同，不會被母體收回，而是獨立存在。」

聽他這麼一說，我豁然開朗。

「但或許是生於陰間，所以妳無法共感人類的情感也是正常，畢竟就算是人類，如果從小就被隔離的話，也會失去正常的五感，何況妳沒有跟人類相處過。」

他說著，一邊點頭思考。

「那我該怎麼辦？」

「很簡單，我帶妳去見見每個戀雪音吧。」林子凡說完後，食指在空中一轉，出現了另外一個空間。

「但是你不是只負責我們這個世界的死神嗎？你能到其他平行世界？」

「我現在已經不是死神了，而是販賣所的負責人，妳記得嗎？」林子凡冷笑，「而且販賣所服務的不是只有一個世界的人類，而是所有平行世界的人類，妳沒察覺嗎？」

我震驚，「真的沒有。」

「說得也是，畢竟妳也沒有真的跟人類相處。」林子凡拉起我的手，往前方的異度空間跨越過去，在他牽住我的手瞬間，我感覺到自己心窩似乎咚咚跳了兩下。

「妳呀，只要完全吸收每個世界的戀雪音所感受到的七情六慾，那妳就擁有完整的情感了。」

我跟著他踏入，那是一個魔幻的空間，有著紫色、銀色、黃色、白色等多種我數不清的色彩，交織融合，成為如同宇宙般廣大無邊，無論望向何處都不見底，宛如在一個無法窺探到底的深海之中。

我回過頭，那個屬於戀雪音的房間就在後頭，這讓我多少安心了些，我們不是胡亂飄移在這多重宇宙之中。

我感到一絲恐懼，卻也有一絲興奮。

我以為平行世界，會是好幾個地球，但不是，在這一片閃耀又虛無的七彩空間之中，有許多扭曲的部分，像是炊煙升起、又像是流水滑過、更像是遭人揉捏的紙質皺摺，那些扭曲的部分，就是每一個平行世界的入口。

「來吧。」林子凡握緊了我的手，炙熱、溫暖、安全感。

在這片虛無之中，他是唯一真實。

我們來到一個樹葉是白色的世界，我趕緊回頭，確保我的房間……又或是說戀雪音的房間還在後面。

雖然那是戀雪音的房間，卻也是我唯一的歸屬。

「她在這。」林子凡低聲說，而我回過頭。

七十多歲的戀雪音和她的丈夫正在河邊漫步，她看上去幸福無比，我的腦中瞬間出現了她這些年來的所有記憶。

和先生是青梅竹馬，相知相愛相惜了一輩子，育有五個兒女、六個孫子女，雖然沒有住在一起，但都住在附近，每個月會有一次大家族聚會，她的一生充滿了愛，沒有不幸、沒有嫉妒也沒有悲憤。

而她的先生，長相居然是林子凡的面容。

我驚訝地看著一旁的林子凡，他只是聳肩。

我記得每個世界中，每個人身邊的人都是差不多的，差別只在於每個人的關係不同。

所以在這個世界的戀雪音，與她幸福共度一生的人是林子凡。

後來，我們又到了下一個世界。

這裡的戀雪音十五歲，她在班上有個死對頭，兩人每天吵吵鬧鬧的，但其實戀雪音心裡喜歡著林子凡，然而林子凡卻喜歡著傅冰冰。

雖然她才十五歲，但是那少女獨有的暗戀與心痛和心酸，完全傳進了我的內心，我心痛如絞，那種心痛，是無法言喻的。

林子凡最後和傅冰冰交往了，戀雪音笑著祝福，然後在夜裡嚎啕大哭。

她的眼淚並沒有變成寶石，只能化作看不見的堅強與逞強，明天帶著笑容繼續面對每個人。

但下一個世界，差不多的內容，只是年齡變成了高中，角色也對調了，最後戀雪音與林子凡是互相喜歡，傅冰冰給予了祝福，他們幸福快樂地度過了一生，走到結婚生子。

在這，我感受到甜蜜的戀情與苦澀的滋味，還有修成正果後的美好。

再下一個世界，這裡的戀雪音是個難以言喻的角色，年幼時家庭有問題，造就她人格扭曲，即便她多努力想要過正常生活，但不正常的環境只會帶著她走往不正常的世界。

最後她為了活下去，只能藉由傷害他人獲得錢財，欺騙信任她的人。她一生都這樣度過，但遇到了林子凡。

這個有錢的男人知道了她的一切，卻還是與她結婚了。

她終於可以過上夢寐以求的正常生活，但或許是走偏了太久，又或許只是藉口，但無論怎麼樣，她無法割捨在過去那段歲月認識的人，那個曾經與她一起走過無數痛苦又難熬夜晚的朋友。

傅冰冰需要她的幫助，那筆錢她拿不出來，而林子凡也不願給。

要拋下過去的一切，這是林子凡給她的唯一條件。

所以最後她只能捲了丈夫的錢財逃離，卻在離開時和林子凡撞見。

他明白她的選擇，他只對她說了句：「路上小心。」

說實話，那些錢財對林子凡來說不痛不癢，但是他清楚明白人的劣根性。

要是戀雪音自己無法放下過去，那誰來救都沒有用。給了一次，就會有第二次、第三次。

因為這些錢財取之容易，輕易用過往的情誼就能拿到的錢財，誰會珍惜呢？所以說，人情是最難還的。

於是戀雪音沒有再回來過，林子凡也終身未再娶。兩個人都折磨了對方一輩子，直至臨終前才想起對方，冰釋前嫌，陪伴了對方最後的日子。

我們看了好多個戀雪音的人生，每見到一個戀雪音，我就會得到某一些情感的回歸，彷彿也跟她們一起走過了那一遭人生旅途，體會到她們所體會到的各種酸甜痛苦。

又下一個世界，這裡的戀雪音遇到了跟蹤狂。

「咦？」我愣了下。

「喔？妳知道這裡啊？」林子凡有些讚嘆。

「畢竟我多少還是知道為什麼我會誕生，不就是你犯了錯嗎？前因後果我都知道。」

「哇，是戀雪音告訴妳的，還是妳靈魂記得的？」

「靈魂記得的。」自從那天在屋子和戀雪音一別後，我沒有再見過她。

身為「母體」的戀雪音現在究竟過得怎麼樣，我一點都不知道，也沒有任何感覺。

這瞬間，我才忽然理解林子凡剛才說的，關於我已經「獨立」的這件事情，我以為的空洞，反而更顯得我是獨一無二。「嗯哼，沒錯，這裡就是我拿錯的簿子的世界。」林子凡自嘲。

「但是這些不是都已經發生過了嗎？為什麼我現在還能過來？」

「真是的，妳不是已經理解這件事情了嗎？還是說因為生存在陰陽兩界，加上逐漸取回的情緒，所以才讓妳又對時間這個定義感覺到混亂了呢？所謂的時間，沒有過去與現在，所有的一切都是正在發生。但即便都是正在發生，也都已經發生，所以無法改變。」

「嗯……」很複雜，我不懂，也不想懂。

我看著戀雪音和林子凡在露台邊說話，然後傅冰冰偷偷摸摸地從後面的樓梯間上來，在她聽見戀雪音的話時，面容變得猙獰而且憤怒，伸手就推下了戀雪音。

「哇，我不想看見自己死。」我說完這句話的瞬間，我感受到我背後出現了那個房間。

「妳想回去的話，妳的空間就會出現。」

「這不是我的房間。」

「但是是妳的空間沒錯。」

是啊，他說的沒錯。

是我唯一的歸屬。

我準備要後退，但卻不小心看見戀雪音往後墜落時，我們的四目相交的一瞬間。

「她好像看見我們了。」我跟林子凡說。

「看起來是。」林子凡倒是不意外，「畢竟原本那是她的死亡，死亡的瞬間，是距離陰陽兩界最近的時候。」

然後，我們就回到了我的空間。

「我們在短時間內看了許多故事，怎麼樣？妳現在覺得好多了嗎？」

「嗯，好多了。」我咬著唇，「但我想，其他店長或許不該擁有這些屬於人類的情感會比較好。」

「這點我倒是同意。員工如果太多愁善感會很難辦事的，主管擁有這些感情便可以了。」他見我目不轉睛地盯著他，便好奇一問：「怎麼了？」

「沒有。只是我看過了這麼多的世界、這麼多個戀雪音，怎麼你都是她們喜歡的人呢？」

「緣分問題，也不是每個林子凡都和戀雪音走到最後。」

「那這個世界的戀雪音和林子凡的緣分是什麼？」我問。

他盯著我看許久，然後說：「妳知道人類的一輩子還是有時限的嗎？在死亡的那一刻，一切都會煙消雲散。但是我跟妳，卻是真正的永恆。」

這句話讓我的心臟驀然一揪，原來我也有心臟嗎？

「這種永恆的緣分，比起那些愛情都還要深刻。」他說的話讓我明白，他不懂愛情的。

因為他沒有體會過那些情愛，所以才能夠說出這樣天真的話吧。

「如果所有人的靈魂都是一樣的，那林子凡的靈魂本體又是什麼呢？是你嗎？」

「……」

「在其他世界的林子凡死亡後，他們的情感是不是也回歸到了你身上？」

「是這樣沒錯。」林子凡聳肩，「但我已經任職百年，這段時間也有不少魂魄回至我身，可我的釋然永遠能蓋過那些情感。」

「難道神靈界就沒有神明會長相廝守？」

「當然有，只是和人類不太一樣。」林子凡扯了個要笑不笑的表情，「我們不糾結這種事情，妳也別糾結了。」

我懂他所說的釋然，因為我確實感受到了。但或許是因為身為人類靈魂的關係，我所擁有的七情六慾又更多了。

「我好像抓到了怎麼經營販賣所的訣竅了。」

「是嗎？那我就期待下個月的表現。」林子凡說完就要往書櫃走去，但是我拉住了他的衣角。

「你很忙嗎？」

「嗯？」

「你現在只需要擔任販賣所的負責人，照理來說業務應該不會比當死神的時候繁忙，加上我又把所有販賣所關閉了，你應該很清閒吧？」

「少開玩笑了。妳擅自關閉販賣所，我得跑很多地方跟上級疏通好嗎？雖然這一切都是答應戀雪音的願望，但也不是無條件的賠本照做，所以還是請妳要拿出業績。」說完後，林子凡就直接往書櫃走去，離開了這裡。

「我只是想說……不忙的話，就常常來找我吧。」我看著那空無一人的書櫃輕輕說著。只能說，原死神還真是不留情面呢。

透過了這好幾段的旅程，我逐漸明白了人類的情感與心情。

於是，我重新一口氣創立了許多販賣所，初戀、心聲、夢想、過去、成就、幸福等等，如果販賣所當然也在其中。

然後，我創造了許多店主，最後自己也化身成其中一個，讓她們認為我是同事。

我理所當然會待在如果，而其他人走到不同的地方，經營著這些販賣所。

她們不知道由來，也不知道原因，甚至連自己是什麼都不知道。

在每個月一次的例會上，第一個問起這件事情的是「心聲」，她問：「我們是什麼？」

雖然心聲的業績不是最好的，但或許是因為她所販賣的是人類最真實的話語，所以她的成長速度是最快的。

「我們大概是神吧。」我如此敷衍地回應，心聲和其他店主都點了點頭，接受了這一點。

而我看著愣愣發呆的初戀，不免有些嘆息。

或許是因為她所乘載的是眾多善男信女終其一生都想獲得的戀情，況且愛情總是能讓人失去理智與自我，是一種擁有無限可能的情感。

但同時，也很容易墮入深淵，很容易產生惡意。

與此同時，雖然名為初戀販賣所，但與以往愛情販賣所不同的地方是，戀也等同於念，戀愛的另一種，就是執念。

所以只要有所執念的人，都可以進入初戀販賣所，那不單單只有戀愛。

也因為這個改變，讓初戀販賣所成為我們業績最好的販賣所之一。

「妳看初戀那個傢伙，業績這麼好還一臉不在乎的模樣，根本就是嘲笑我們啊！」心聲與我抱怨著。

「我想她是根本沒有發現我們的存在吧。」我說著，心聲是個最不一樣的靈魂，好像分裂出了自我一般，「妳忙嗎？」

「妳是在消遣我嗎？我當然不忙囉。」心聲翻了白眼，「初戀那傢伙最忙啦。」

忽然我興起了一個從未有過的想法，「哪天妳不忙的時候，我可以去妳那走走嗎？」

心聲瞪大眼睛，「什麼？這樣可以嗎？我們可以去彼此的販賣所嗎？」

「可以啊。」事實上是我可以，她們應該是不行。

「那改天我也去妳那邊逛逛如何？」

「好啊，有機會的話。」我隨口答應。

「一定喔！對了，如果，妳會擔心嗎？」心聲話鋒一轉。

「喔？妳說什麼？」

「我說又有新的販賣所成立了啦！人生販賣所！這個販賣所感覺會很紅耶。」

「應該還好吧。」

「為什麼妳能這麼肯定？要是我們業績不好的話，會被消失耶！」心聲頭皮發麻。

「因為一般人只會想要改變一點點地方，讓自己的人生更加完美，不會要改變整個人生。妳想想，需要改變整個人生的話，那他的人生得多慘才行？沒有那麼多慘人的。」說完後我又補充，「沒有那麼多又慘又有緣的人。」畢竟有緣才能進來販賣所。

我這些日子來，為販賣所設立了很多規矩，使其更能有效經營。

例如人類終其一生只能進入一間販賣所，但次數沒有限制，全權交給店主決定。

另外，誰能進入販賣所，也是交由店主決定。不過若是姓戀的人則優先無條件進入。

再來，便是要跟人類索取什麼報酬，也是交由店長去決定。

當我把制度建立好並放了許多權力給店長後，一切水到渠成，每個店長都清楚知道自己要做些什麼。

於是，我開始改變自己的空間。

心聲曾經問過我，要怎麼布置我的空間，我當時隨便回應了她。事實上，我大概是最沒有個性的一個靈魂吧。

每個店主都是我的分身，然而我卻比她們還沒有個性。我所擁有的一切，都是戀雪音的餘韻。

但在看過每個戀雪音的生活之後，我也逐漸有了其他的想法。

我忘不了看過的白色樹葉，也喜歡銀白的雪覆蓋的模樣，當我想著這些時，我發現眼前的房間已經消失，我站在一片雪白之中。

於是我抬頭，看著灰白的天空降下的雪，伸出手觸碰，變成了雪花。

冰晶在雲中碰撞，凝結成了雪花，降下了雪。

那是人類肉眼所看不見的細微，但我清楚看見了。因為這裡不是真實世界，萬物一切皆有可能，這裡是如果販賣所啊！

「如果啊……如果要許一個願望，會許什麼？」我淡淡地提問，我還真不知道呢。

我不是人類，所以我無慾無求。

✷

某天，我真的心血來潮前往了心聲的販賣所，當我抵達的時候，她正踩在整片海水之上。天空是萬里無雲的藍天太陽，海下是深不見底的深藍。

她抬頭看著天空，露出了一絲孤寂的表情，接著輕輕嘆口氣。

這讓我大感意外，她們也會覺得寂寞嗎？她們明明是我的碎片，明明感情更淡薄才對呀。

難道是我找回了情緒，連帶她們的情緒也一起提昇了嗎？

「咦？如果？」心聲發現了我，驚奇地朝我跑來。她白皙的腳掌在海水上泛起漣漪，如此自然便在海面上行走著。

「嗨。」我對她一笑，她則拉起我的手。

「妳怎麼過來的？我也想要去找妳，可是完全找不到通往如果販賣所的路。」心聲歪頭，而我也學著她歪頭。

「我也不知道耶，就莫名走到了。」我裝傻，「妳的領域是這樣呀？都是水。」

「是呀，心聲呀，心裡的話就如同海底深，就算聽見了、身在其中了，但還是看不見最底。很合適吧？」

「我覺得很合適，妳很會布置喔。」我稱讚她。

「我覺得人類更厲害呢，每個人類進來這裡的水域都會不同，有時候會是很奇幻的外星世界，有時候就平常得宛如後院的泳池，但有時候卻又像是在宇宙星空下的銀河一般，美不勝收呢。」心聲的雙眼發亮。

「真希望我也有機會看看呢。」

「到妳那邊的人類難道沒有想像力嗎？」心聲興趣又回到我身上，「如果，妳的領域是什麼樣子？」

「是……一片雪白，銀白世界。」我說著。

「那進去的人類呈現過怎麼樣的面貌？」

沒有，沒有人類能踏進我的領域，所以我一直以來都是一個人。

「就有時候是大草原，有時候是森林囉。」我隨便回答著，再次轉移心聲對我的注意力，「對了，我剛才看見妳好像在嘆氣，怎麼了？」

「咦？被妳看到了嗎？真是不好意思。」心聲乾笑。

「妳有什麼煩惱嗎？」

心聲似乎在猶豫要不要說，但最後還是再次嘆氣，「如果，妳想過我們是怎麼來的嗎？」

沒料到會聽見這樣的問題，「怎麼了？為什麼會忽然想到這個。」

「嗯……我們的外型很像是人類對吧？會不會我們曾經也是人類呢？」

「嗯？」這讓我有點驚訝。

「我們是不是曾經做了什麼，或是在等待什麼，才會在這裡呢？」

我太過驚訝了，心聲的思考能力進展得這麼快嗎？

是因為聽了太多人類的心聲，所以使得她也成長了嗎？

「為什麼妳會這樣想？」

「我……曾經在某一次，忽然感知到我在等一個人，感覺到好像我曾經跟一個男人很要好……」

我大驚，「妳是有看到什麼嗎？」

「看到？沒有，就是某一天我忽然覺得……好像在等一個男人，我們曾經很親密一樣。所以我現在會感覺到孤寂，是因為我曾經不是一個人。」

這句話直衝我的內心，我們都是戀雪音的碎片，若是靈魂真的能記得所有緣分，那她說的必然就是林子凡。

這瞬間我恍然大悟，是啊，我不是一個人，我有林子凡。

「妳有跟其他店長說過這件事情嗎？」

「沒有，但是……初戀這傢伙上次開會結束後，忽然開口跟我說話。」

「初戀？她注意到我們了？」

「我也很訝異，她從來沒跟任何人搭話的。總之她問我，有沒有以前的記憶。」

「初戀想起什麼了嗎？」

「不知道，還是我們一起去拜訪初戀？」她又問。

「嗯……今天太晚了，我等等說不定還會有客人。」我說著，「下次再一起吧。」

「嗯……好，那就下次吧。」心聲看起來有點猶豫，「如果，我忽然有一種感覺。」

「嗯？」

「妳跟我們是一樣的存在嗎？」心聲的話讓我楞住，她盯著我的雙眼看，這不是碎片靈魂該有的清醒。

「我們當然一樣。」我微笑著，「好了，我得走了。」

「嗯，下次見。」心聲說著，但是我注意到她的海面興起了波浪，她的天空有了烏雲，她並不相信我。

我離開了心聲販賣所，將這件事情記在心裡，下次得報告林子凡才行。

而後，我很快來到了初戀販賣所，這裡只有一間簡樸的屋子，上頭掛著「戀」字招牌，初戀就坐在長椅並撫摸著膝蓋上的花貓，而黑白兩貓則縮在她左右兩側。

「初戀。我是如果。」我淡淡地開口。

「妳好。」她並沒有抬頭，似乎不太訝異我的到來。

我盯著她，一種說不上來的感覺，她跟我之前見到過的已經很不一樣了。

「妳……想起什麼了嗎？」

她抬頭看我，帶著輕淺的笑，但最後還是搖頭，「想起的都很片段，也不完全。但我不是很在乎。」

「那妳在乎什麼？」

「嘴角有痣的那個男人。」初戀凝望著我，「那個男人是誰？」

我握緊了拳頭，打算收回這個靈魂，但是三貓卻豎起毛對我狂叫，這讓我楞了下。

「靈魂的碎片也能創造靈魂嗎？」這三隻貓是從初戀分裂出來的碎片，這讓我十分驚訝。

「乖，沒事的。」初戀輕輕地哄著三隻貓，使得牠們的情緒平靜下來，但對我還是抱持著警戒。

「我什麼都不在乎，但每過一天，那個男人在我腦中的模樣就越是清晰。很神奇的是，每次出現的模樣都不太相同，有小孩子、青少年、男人的模樣，也有老去的樣子。他是我生前的伴侶嗎？」

這瞬間我恍然大悟，她們並不是真的想起了什麼，而是與林子凡這個靈魂的羈絆超越了時間和空間，穿越了層層靈魂的剝削之後，依舊惦記著對方。

「妳知道我是誰嗎？」於是我這麼反問。

「不知道，但跟我們不太一樣。」初戀搖頭。

「……我下次再過來。」

「我會被消滅嗎？」初戀忽然這麼問，「消滅我之前，我能見到他嗎？」

她的眼光裡傳來了深深的愛意，而這個瞬間我忽然意識到，我們需要戀愛嗎？

她們，需要戀愛嗎？

在接觸這麼多人類、這麼久的時光之下，靈魂或多或少都被影響了，變得柔軟、變得多愁善感、變得良善。

同時，也產生了懷疑與不安。

「不會，妳們不會被消滅。」我的心情從緊張轉為放鬆，「有點人性或許更好。」

「那我能見到那個人嗎？」

「有一天吧。」我笑著，「我得走了。」

「嗯。」初戀朝我頷首，然後繼續摸著自己的貓。

我回到了自己的這片雪白領域，開始思索這一切。雖然都是同一個靈魂的分割，但每個靈魂的個性皆不同，心聲愛抱怨，但卻也很努力工作，她每個月提供的點子總是最多。

但相同的是，她們都很敏銳。

為什麼只不過是意識到自己曾經有個人的陪伴，就自然的把對方認為是伴侶，而不是朋友或是家人甚至手足呢？

我們需要戀愛嗎？

我們如果戀愛的話，對象會是誰？

我的腦中很快浮現的是林子凡，說實在的，我也只有林子凡了。

在各個世界看見過各種戀雪音愛著林子凡的模樣，也看過林子凡不愛她的模樣，但更多時候，他們都是相愛且有美好結局的。

靈魂與靈魂之間，每一輪的轉世是否都有緣分的累積呢？

若是如此，那我們的靈魂和林子凡的靈魂，究竟是有多深的緣分，才能在幾乎每個世界都成為戀人？

✷

「業績變得很好啊。」林子凡看著販賣所的業績，讚揚地點頭，「天庭都很開心。」

從人類身上發生的奇蹟，使得部分人類擁有了更多的醒悟與透徹，這對洗淨靈魂或是豐富層次起了很大的幫助。

「那就好。」我說著。

林子凡抬眼看了看周圍，「妳喜歡雪？」

「滿喜歡的，原先我不知道自己喜歡雪，但看過了這麼多人間風景，只有這最讓我難忘。」在這一片雪白之中，只有我們兩個是黑色的。

那顯得我們和這個世界不同，但因為有彼此的陪伴，所以並不孤單。

「滿漂亮的。」林子凡看了我一眼，然後對我微笑了下。

在他微笑的瞬間，那嘴角的痣陷入了他的酒窩，瞬間眾多記憶朝我紛湧而來，那眾多年齡層、不同髮型的林子凡，他微笑起來的溫柔、靦腆、開心、害羞的模樣全數湧入。

那是來自多個平行世界中，被林子凡愛著的戀雪音的記憶。

我捂住心口，感受到那劇烈的跳動，湧起了想哭的衝動。

我這時候才理解到，為什麼其他店長們會忽然想起林子凡這號人物，那是因為我。我們的心情是連動的，我花了好多時間都在想著他，連動了其他的靈魂，使得我們對他的愛意全然甦醒。

「怎麼了？」林子凡注意到我的動作。

我記得被他深愛的模樣，我也想被他深愛。

「靈魂都是同一個、緣分也是註定的話，那會不會相愛也是命中註定？」我抬頭問了他。

但眼前的林子凡不懂我的意思。

我嚥了嚥口水，「每個世界的林子凡約莫都註定和戀雪音相戀。」

「但他們在那些世界都是人類。」

「在這裡我們兩個都不是人類。」我照樣照句，林子凡則挑起一邊眉毛。

「我只有你。」我低語著，在這片雪白之中，在這虛無之間，我所有的只有林子凡。

「……這也不是愛情，只是一種習慣的依賴。」

「那不也算是一種愛嗎？」我問他。從靈魂之中，我能感受到對他熱切的盼望。

「妳或許只是被靈魂的記憶影響了。」

「靈魂的記憶不就是你們所說的緣分嗎？難道所有戀雪音都是被靈魂影響才愛上林子凡嗎？那林子凡不也一樣嗎？」我又反問，這下子換林子凡說不出話來。

「我下個月再過來。」他想逃避。但是我抓住了他的手，他的手好熱，我的也是。

在這片冰雪之中，我從來都不覺得寒冷，甚至懷疑過自己是不是體溫調節壞了，還是說自己根本沒有溫度呢？

在碰觸林子凡的瞬間，我才明白，原來我還是有炙熱的心。

「你說我們之間是永恆。」

「沒錯。」

「那，既然我們擁有永恆，這種陪伴也是一種愛吧？」

愛本來就有多種面貌，侷限在只有「愛情」，好像有點傻氣。

「但……」

他還是有些猶豫，但我鬆開了手。

最近，我常常有些想法。

每個世界的戀雪音和林子凡都有情愛上的糾葛，唯獨被搞錯死亡的這個十三歲少女戀雪音沒有。他們僅僅只是死神與人類的關係，雖然也因為搞錯死亡時間，而讓兩個人的緣分超越了一般死神與人類的羈絆，甚至衍生出了我和眾多販賣所，但這種緣分依舊沒有其他世界的戀雪音與林子凡那麼深刻交流。

會不會他們的緣分羈絆是累計在我的身上呢？

因為錯誤的誤判死亡，才會導致我的出現。

所以他們之間相愛的緣分，或許是落到了我身上。

「如果讓你許一個願望，你會許什麼？」

他露出了怪異的表情，我不禁莞爾，「我這裡是如果販賣所，你來到這裡，不許個如果嗎？」

「我不需要許願，我沒有任何想要的東西。」

「那我想許一個願。」

「妳？」林子凡很訝異，「妳要許什麼？誰來幫妳實現？」

「你。」我說，「我希望有一天，我們能夠不再釋然。」

沒料到我會說出這樣的願望，林子凡露出了很驚訝的表情。

「不再釋然？」林子凡重複，「釋然是我們的恩賜。」

「或許也是一種詛咒。」我淡淡地說，「或許唯有我們不釋然，才能更加誠實的面對彼此，感受更多吧。」

「不再釋然的話，就沒有資格當神靈了。」他回。

「那也沒關係，就是回歸到靈魂本體不是嗎？」

「……我從未感受過『不釋然』的心情，看著人類對於各種事物的不放手，我從來不能理解。」

「因為百年來，你的靈魂從來沒有脫離過死神的角色。」

「難道妳是要我離職嗎？」他說笑似地，對上我的眼神後卻斂了眼，「認真？」

而我莞爾。

在經營販賣所的階段，我看見了形形色色的人們、形形色色的願望，雖然有其陰暗，卻也有其光亮。

正是因為人類無法完全釋然，才會有慾望、才會有野心。

而也因為他們的慾望與野心，才會造就每個世界都如此不同，如此多元。

不像我們所有的販賣所，顯現的全是人類的投射，只有我們自己時，我們不是水就是雪白更甚至是虛無。

因為我們想不出任何風景，因為我們沒有慾望。

這麼久以來，我第一次興起了些許的小小的願望。

那就是林子凡。

要說愛，那絕對還不是愛。

但卻是我唯一在乎的存在。

我只是想要，像人類一樣，平凡的活上一次。

如果可以的話，我想成為人類。

尾聲

「欸欸，妳聽過如果販賣所嗎？」長髮的女孩神祕兮兮地說。

「如果販賣所？那是什麼？」我歪頭，一邊將課本收進書包裡，一邊往外面走廊看。

「聽說妳只要在睡前不斷許願一件想成真的事情，像是，如果我可以是白富美就好了～之類的話，就有機會進去如果販賣所喔！」

「進去了以後呢？」

「願望就會成真啦！」

我大驚，「那這樣要收取什麼代價啊？太可怕了吧！」

「能成為白富美的話，在乎什麼代價呀～任何代價都值得。」

「最好是啦！要妳斷手斷腳勒？要妳一輩子躺在病床上呢？」

「妳很偏激耶！」

「本來就是啊，就算一輩子躺在病床上，也可以是白富美啊。」我聽見了走廊傳來腳步聲，立刻站了起來，「總之不要求一些不屬於自己的東西，腳踏實地活著才是最重要的！」

「戀雪音，妳真的很無聊耶！無慾無求的。」傅冰冰怪叫著。

「我哪有無慾無求，我只是知足。」我看著來到教室外頭的男孩，然後對他展露笑容。

「對啦對啦～知足～拜託，妳有那麼帥的男朋友耶，是我的話，我也知足。」傅冰冰兩手一攤，我則是聳肩。

「喂，她說你是大帥哥。」

他聳聳肩，不予置評，

然後我走到他身邊，牽起了他的手，他笑了笑。
嘴角的那顆痣，陷在他的酒窩之中。

後記

如果，你會選擇什麼？

其實在成立如果販賣所以前，我也有在想要不要多寫其他販賣所？例如讓販賣所這個系列一直下去，但故事的形態或許大同小異，一樣分四個單元，每個單元對應該書名的販賣所有不同故事。可這樣會不會疲乏呢？最後討論下，便決定讓販賣所系列在此告終。

如果販賣所的最開始設想的故事和最後你們看到的有些不同，最初我設定販賣所是起於一個人類的願望（雖然現在這版本的故事也是一樣），女主角從小身邊便有死神跟著，死神陪她走過短暫人生，最後在女主角過世的時候，告訴死神希望自己能夠體驗到愛情、友情等，於是死神讓她體驗了，最後女主角的願望則是希望世界上每個人都不要有遺憾，所以死神創立了販賣所。

但最後深思熟慮後，覺得還是更改為目前大家所看見的版本。但其實最重要的核心還是沒有改變，就是死神與少女。

不知道最後的販賣所大家喜歡嗎？如果販賣所並沒有人類過來許願，因為就連店主本身的母體靈魂願望都尚未成真。

但大家也不需要擔心，林子凡與如果擁有無限的時間，在這漫漫長路中的相互陪伴，也已經是一種愛了。

不過如果你們買的是首刷，就會看見番外篇特典，這樣也算是有明確結局了。

那，販賣所在此結束，有點小遺憾也有點捨不得，不過我覺得停在這裡也是一個很好的點，有點餘韻、意猶未盡的，最適合販賣所的結尾了。

不知道大家如果真的可以進去「如果販賣所」，會許什麼願呢？

年輕時代的自己總是有各種願望，如果怎樣就怎樣、希望可以怎樣怎樣的，但是活到現在，雖然不是說無欲無求，但真的願望變得很單純又簡單。

我只希望身體健康、平安順利即可。

希望隨著我的年齡增長，我能越來越處之淡然，前陣子在網路看見了關於年紀不同的坂本龍一彈奏著同一首歌曲不同的面貌與心情。看了真的心有戚戚焉，以往我總覺得自己很年輕、很有活力也很有潛力，有無限的可能與大好的將來。

總是會有很多想法、點子，希望做出很多事情來改變一切。希望把我腦中不可思議又毫無邏輯的故事呈現出來給大家。

可是隨著時間過去，我漸漸會去思考著這些故事合適嗎？得宜嗎？我寫得出來嗎？純純的愛情，悸動的感覺，不敢前進的懦弱等，我覺得自己好像都有點遺忘了。

雖然我知道無論何時，人生都是一個開始，但是在撰寫如果的心態時，想到了那份釋然。

她唯一的願望，只剩下每個時空累積下來的，那對於林子凡的愛慕。

就如同我一樣，過往人生總是有許多願望，有時候願望很可怕、有時候很可憐、有時候很可觀。

我覺得大家可以觀察一下自己的願望，從願望的改變中，能夠看見你的人生軌跡如何變化。

啊，當然最重要的就是，希望大家都能夠喜歡這本書啦～

《初戀販賣所》、《心聲販賣所》、《如果販賣所》，就在這裡下台一鞠躬，謝謝大家的支持！

國家圖書館出版品預行編目資料

如果販賣所 / Misa 著 . -- 初版 .-- 臺北市：皇冠 .
2025.02 面；公分(皇冠叢書；第 5211 種)(Misa
作品集；03)

ISBN 978-957-33-4260-1（平裝）

863.57 114000418

皇冠叢書第 5211 種
Misa 作品集 03
如果販賣所

作　　者—Misa
發 行 人—平　雲
出版發行—皇冠文化出版有限公司
台北市敦化北路 120 巷 50 號
電話◎ 02-27168888
郵撥帳號◎ 15261516 號
皇冠出版社（香港）有限公司
香港銅鑼灣道 180 號百樂商業中心
19 字樓 1903 室
電話◎ 2529-1778　傳真◎ 2527-0904
總 編 輯—許婷婷
責任編輯—張懿祥
美術設計—單　宇
行銷企劃—謝乙甄
著作完成日期— 2024 年 10 月
初版一刷日期— 2025 年 2 月

法律顧問—王惠光律師

讀者服務傳真專線◎ 02-27150507
電腦編號◎ 593003
ISBN ◎ 978-957-33-4260-1
Printed in Taiwan
本書定價◎新台幣 320 元 / 港幣 107 元